フィリピン・ルソン島における日本軍兵士。手前は九二式重機関銃

ルソン島・タルラック市外で米軍戦車と対峙する日本軍兵士たち

NF文庫
ノンフィクション

新装版

玉砕を禁ず

第七十一連隊第二大隊ルソン島に奮戦す

小川哲郎

潮書房光人新社

はじめに

この丘に死なむと思《も》ひし日のあれば
見過《すぐ》しがたし月日経《ふ》るとも

一九七四年十二月十三日

マニラから出て広大な中部ルソン平原を北上する国道3号線は、第二次大戦中は日本陸海軍の航空基地であり、現在はアメリカ空軍の東洋における最大の拠点となっているクラーク・フィールド飛行場群を左に見て、わが海軍の神風特別攻撃隊の発祥の地マバラカットを過ぎ、タルラックの大きな市街を抜けると、約一時間にして美しい火焔樹の巨木の立ち並ぶカルメンの町に入る。

この町の北端で、国道はアグノ川にかかる大きい鉄橋を渡る。アグノ川は遙か北方二百キロ、山岳州のロー渓谷に源を発し、峨々《がが》たる高山の間を曲折しながら南下して中部平原に出ると、カルメンの西方で大きく西に曲がってリンガエン湾にそそぐ、ルソン島最大の河川の一つである。鉄橋を渡るとすぐ、街道沿いに土埃をかぶった椰子《やし》やマンゴーなどの木々に隠された家々が、無秩序に薄汚れて並んでいるビリヤシス(Villasis)の町となる。これらの木々や家並みの切れ目から、遙か西方四、五キロのところに、南洋の陽光を浴びて静かに大きく広がる森が見える。これがカバルアン丘(Cabaruan Hills)である。

それは、一見すると灌木と竹藪とまばらな椰子との森にすぎない。しかし、ビリヤシスからひらけた稲田の中を通ってカバルアン丘に入り、マラシキの町へ抜ける道路を進み、「丘」の高所に立てば、森と見えたのはその外縁と遙か西北部に連なる、大部分が耕作され、樹木の少ない、なだらかな丘陵群であることがわかる。ただし丘陵といっても、標高はせいぜい二十メートル内外であろう。

この平和で牧歌的でさえある丘陵地の一角で、一九四五年(昭和二十年)一月、ここを主抵抗線として防守する日本軍と、これを早期に攻略しようとするアメリカ軍との間に、凄惨な、攻防戦が展開された。そして、ここに孤立した第二十三師団(旭兵団）の歩兵第七十一連隊第二大隊を基幹とする大盛支隊が、味方からは見捨てられ、敵からは言語に絶する鉄量攻撃を受け、二週間にわたる死闘ののちについに全滅した。

昭和四十九年十二月のある日、私はこの丘のマラシキ道路の高所に立って、深い感慨をもって丘を見わたしていた。付近の住民は、すでに世代もかわっているせいか、ここで行なわれた戦闘についてはほとんど知らなかった。そうでなくとも戦闘中はこの丘を避けて他に疎開していた彼らには、戦闘の実相はわかっていなかった。カバルアン集落西方の森の中にあった日本軍の陣地は、三十年の歳月がすでに荒地とかえていて、その痕跡はほとんどない。しかし、この青草の下に大盛支隊の数百の将兵が、訪れる者も弔《とむら》うものもなく埋められている。

私にとっても、この丘は忘れられない所なのである。昭和二十年一月八日の夜、すなわち、アメリカ侵攻軍のリンガエン湾上陸の前夜、私は命令によりバギオからタルラックに下る途中、この日いっせいに蜂起したフィリピン人ゲリラの襲撃のため、進みもならず退くこともできず、カルメン橋の北詰めで途方に暮れていた。この時私は、橋の警備兵から、すぐ西方のカバルアンという丘に陣地を占領している旭兵団の大隊の存在を教えられ、翌朝はそこに行き、大隊の一員として戦おうと決心した。しかし、私は偶然通りかかった自隊の自動車隊に収容され、きわどいところを助けられた。

戦後私は、自分がはいって戦おうとしたこの大盛支隊が、旬日にわたる死闘ののちに全滅したことを知り慄然《りつぜん》とした。他人《ひと》ごととは思えなかった。その後私は、大盛支隊の陣地構築に行き戦闘の途中で命令により撤退した工兵中隊長であった落合秀正氏と相識り、当時を語るにおよび、この丘の戦闘に関心を深めた。そして私は、自分にかわってこの丘で死んだ数百の同胞のため、彼らにかわってこの戦闘の実相を世人に知ってもらうことが、生き残った私の義務であると考えるにいたった。調査がはじまった。

いろんなことがわかってきた。私は、アメリカ軍の戦史で、大盛支隊が、敵を驚嘆させるほど頑強な抵抗を行なったのち全滅したことを知った。さらに、全員が戦死したと信じられていたこの丘から、大盛支隊長が脱出生還したという意外な事実を教えられた。また、この戦闘に関する日本軍の統率の弱さもわかった。当然ながら、この現役兵の大隊にも強者ばかりではなかったことも、具体的にわかってきた。この小さい丘での戦闘の中に、敗勢の日本軍の持つ問題点が凝集されているように思われた。

この小著には、劇的なサスペンスの盛り上がりもなければクライマックスも、また、これという悪役の登場もない。きわめて大衆味にとぼしい記録であることは、私自身がよく知っている。だからといって、私はこれにいかなる虚飾をも施していない。それは、この丘で真摯《しんし》に戦って斃《たお》れた人びとへの冒瀆《ぼうとく》となるからである。しかし、心ある人びとは、この平凡な戦史の中に、真実の叫びを読みとってくれるものと私は信じている。

昭和五十年九月

小川哲郎

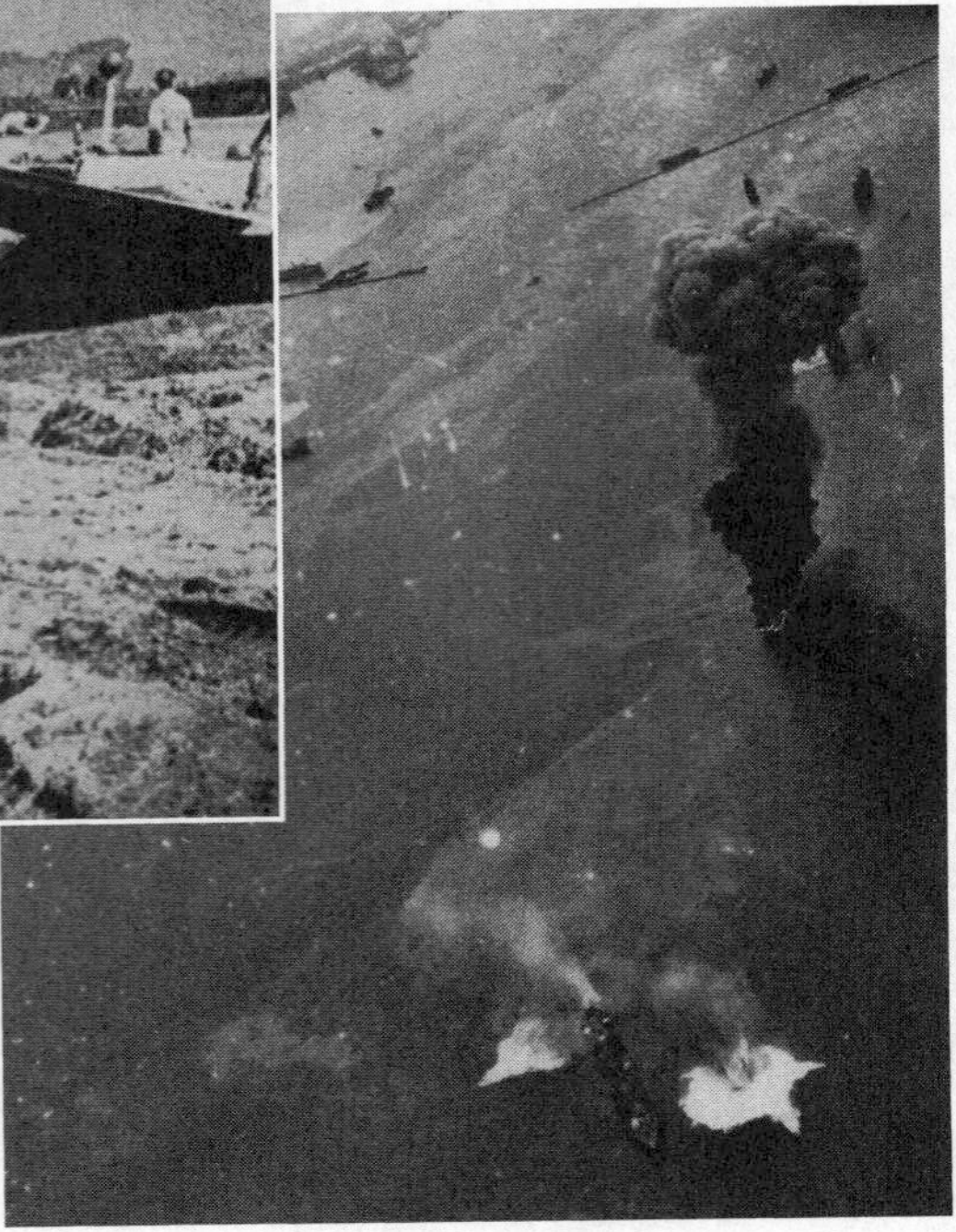

右上はマニラ湾で爆撃される日本の商船。米軍は昭和19年10月以降、日本の拠点を徹底的に空爆した。下は比島奪還にかけるマッカーサー将軍(右から2人目)。

昭和20年1月9日、3日間続いた砲爆撃の後に米軍はルソン島リンガエンに上陸した。日本軍の抵抗は軽微で、上陸軍は容易に進出した。11日、早くもカバルアン丘を守備する大盛部隊の前に米第6師団の前衛が現われた。

米軍の上陸に先立ち、空爆によって破壊された日本軍の航空基地クラーク飛行場。米空母群は日本の基地航空隊よりも強力な航空戦力を保持した。

右上は日本軍の司令部が置かれたバギオ。山下奉文司令官はルソン島での決戦を避け、持久戦として徹底抗戦を呼号した。

日本軍の反撃をうけて立ち止まる米兵。日本軍にとって敵は米軍だけではなく、比島人ゲリラも優秀な米式装備を持っており、あなどれなかった。

戦車や水陸両用車などを前面に押し出して進攻する米軍部隊。日本軍の砲兵は強力な米軍戦車に対し、充分に引きつけてから零距離射撃によって確実に仕留めた。米軍に大砲の位置をさとられないように苦労したという。

炎上するマニラ市街。米軍がマニラに入城したのは２月13日で、先遣隊の任務は捕虜の解放であった。日本軍は撤退時に市内の各所に火を放った。

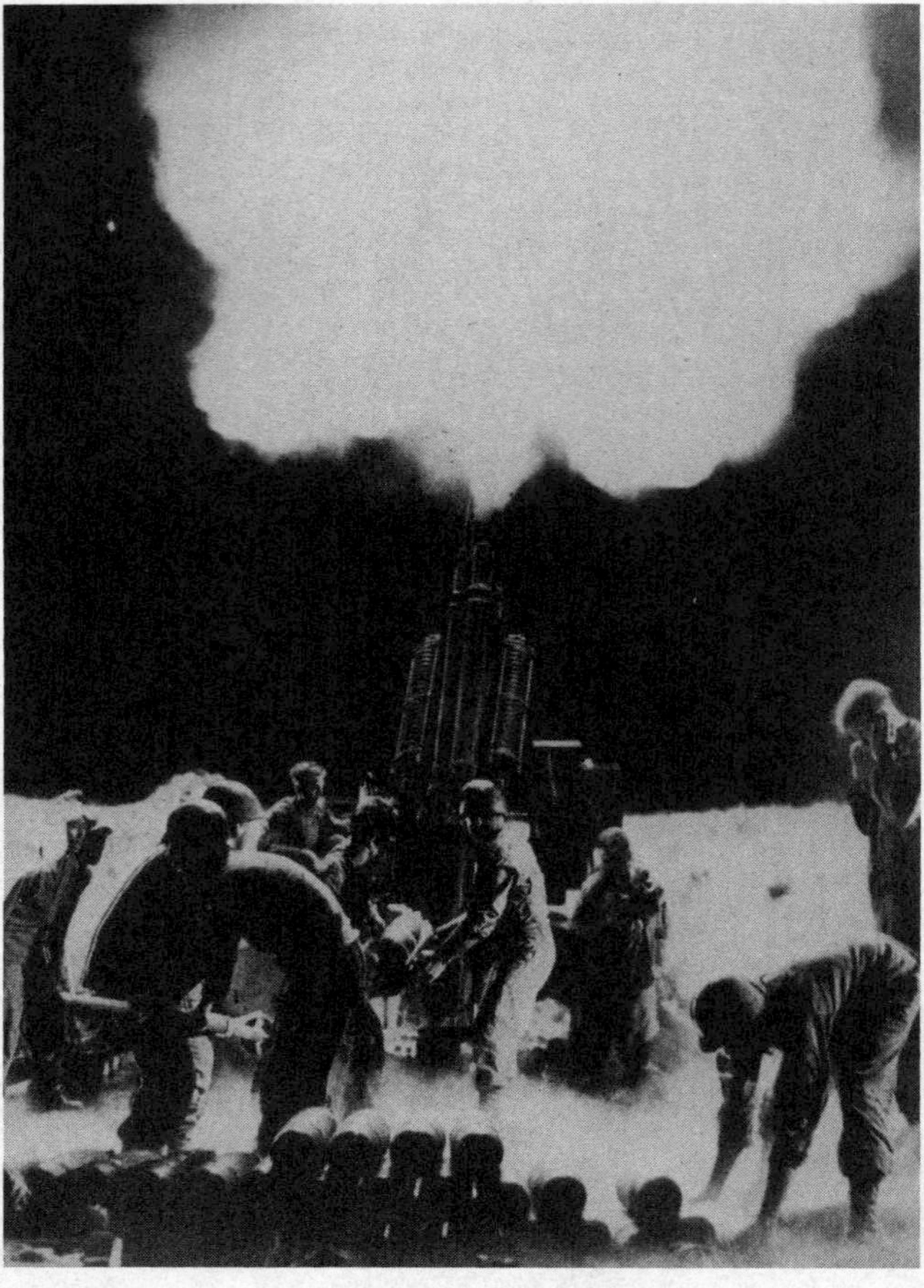

昼夜を問わず日本軍の陣地に砲弾を浴びせる米軍砲兵。リンガエン南西にあるカバルアン丘の攻防は寸土の地をめぐる死闘となり、まさに『小型のヴェルダンの戦い』と称される。そこを守備した千名たらずの大盛部隊は米軍の戦史に特筆されるほどの頑強な抵抗を示したのちに全滅している。

ルソン島要図

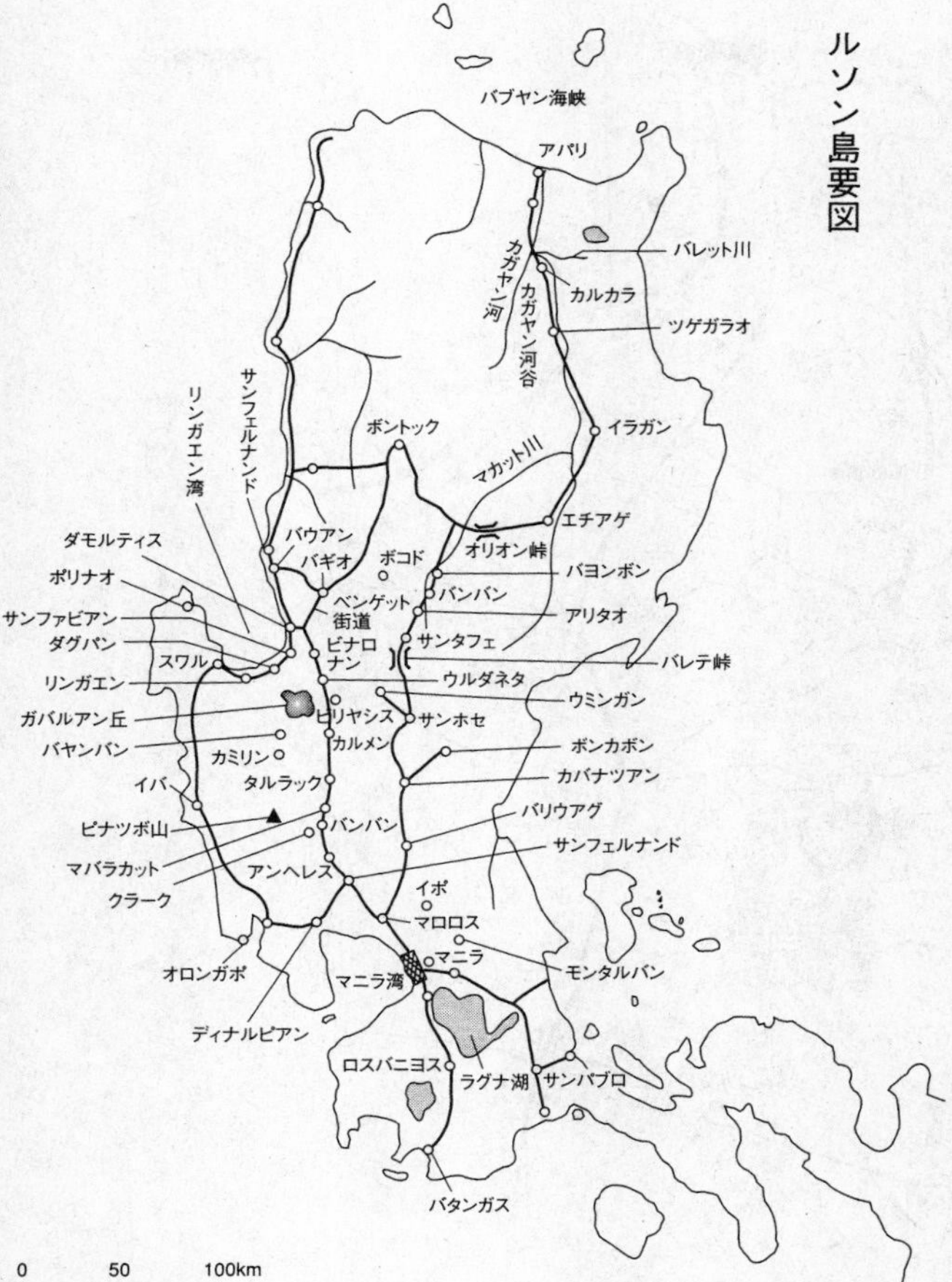
バブヤン海峡
アパリ
カガヤン河
カガヤン河谷
バレット川
カルカラ
ツゲガラオ
イラガン
ボントック
マカット川
エチアゲ
オリオン峠
サンフェルナンド
リンガエン湾
バウアン
バギオ
ボコド
バヨンボン
ダモルティス
ポリナオ
ベンゲット
街道
バンバン
アリタオ
サンファビアン
ダグパン
ビナロナン
サンタフェ
スワル
バレテ峠
リンガエン
ウルダネタ
ウミンガン
ガバルアン丘
ビリヤシス
サンホセ
バヤンバン
カルメン
ボンカボン
カミリン
カバナツアン
イバ
タルラック
バリウアグ
ピナツボ山
バンバン
マバラカット
サンフェルナンド
クラーク
アンヘレス
イポ
マロロス
マニラ
オロンガポ
モンタルバン
マニラ湾
ディナルピアン
ロスバニョス
ラグナ湖
サンパブロ
バタンガス
0
50
100km

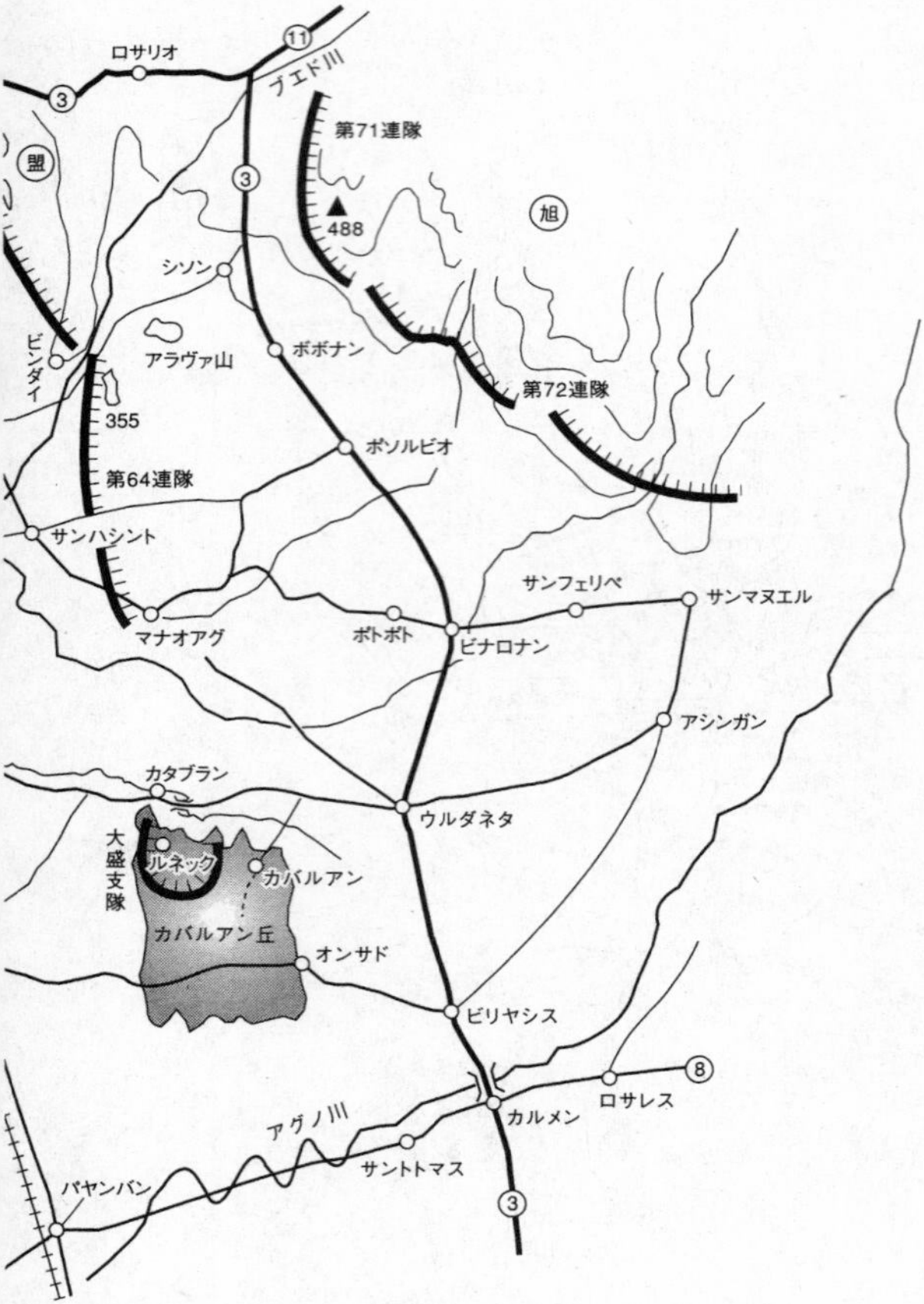

ロサリオ
11
3
ブエド川
盟
第71連隊
3
488
旭
シソン
ビンダイ
アラヴァ山
ボボナン
第72連隊
355
ボソルビオ
第64連隊
サンハシント
サンフェリペ
サンマヌエル
マナオアグ
ポトポト
ビナロナン
アシンガン
カタブラン
ウルダネタ
大盛支隊
ルネック
カバルアン
カバルアン丘
オンサド
ビリヤシス
8
ロサレス
カルメン
アグノ川
サントトマス
パヤンバン
3

カバルアン丘周辺図

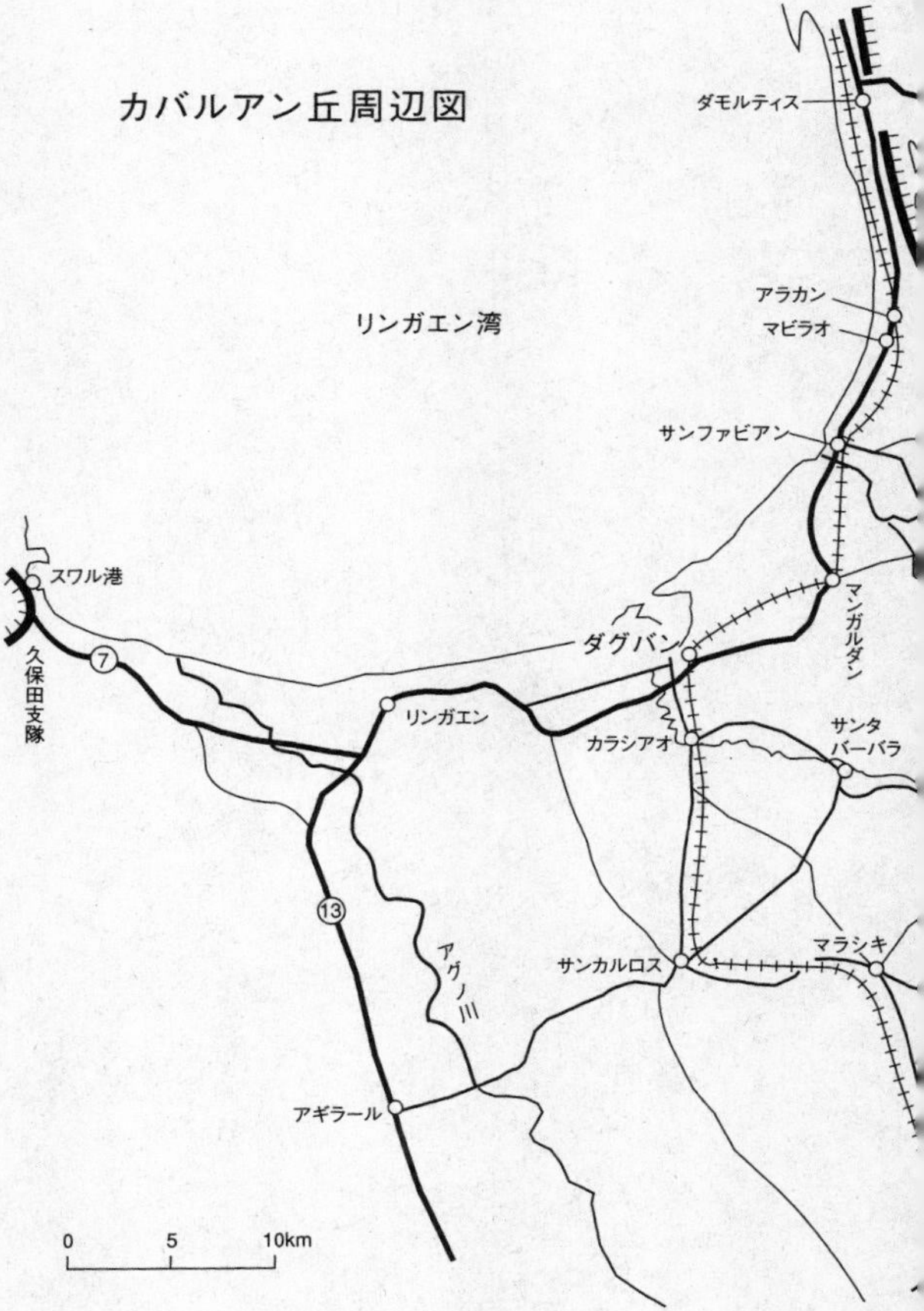
ダモルティス
アラカン
マビラオ
リンガエン湾
サンファビアン
スワル港
マンガルダン
ダグバン
久保田支隊
7
リンガエン
カラシアオ
サンタ
バーバラ
13
アグノ川
サンカルロス
マラシキ
アギラール
0
5
10km

玉砕を禁ず——目次

玉砕を禁ず

第七十一連隊第二大隊ルソン島に奮戦す

第一章　旭兵団

輸送時の大損害

昭和二十年一月五日の夜、バギオの南麓に近い国道3号線上の町シソンの民家におかれた第二十三師団（旭兵団）の司令部では、師団長・西山福太郎中将、参謀長・高津利光大佐、その他数名の参謀や高級将校が、古びた食卓の上にひろげられた一枚の作戦地図を前にして、深刻な表情で座っていた。椰子油のランプが天井から吊るされて、うまそうな香りとともに薄暗い光を放っていた。壁の守宮《やもり》がときおりケロケロと鳴く。一見してこの集まりは、あまり愉快なものではないことがわかる。

この日、第十四方面軍参謀長・武藤章中将がクラークフィールド地区の視察を終えて、バギオに帰る途中ここに立ち寄り、師団にとって致命的に重大な配置の変更を指示して去ったところであった。

「すべてが遅すぎる。それにこの少ない兵力をそのように分散しては……」と、高津大佐は憮然《ぶぜん》として腕を組んで考えこんだ。それは、敵のルソン侵攻軍を運ぶ大船団が、サムバレス州西方海面を、あきらかに旭兵団の正面であるリンガエン湾をめざして北上中で、わが陸海軍の航空隊が残存する可動機をことごとく特攻につぎこんで、これを迎撃中との報告が入った矢先のことであった。敵は明日はリンガエン湾に侵入する。この土壇場の配置変更命令である。

「こんなことで、敵をくいとめられると方面軍は真面目に考えているのか！」と、作戦参謀高橋政一中佐が悲痛な声をだした。

「泥縄もよいところですよ」

昭和十四年五月、北満のノモンハンにおけるソ連軍との衝突で、敵の鉄量攻撃の前に日本軍が無残にも敗北した事実を、読者は記憶しているであろう。この時の主戦闘部隊として大損害を受けたのが、この第二十三師団だった。師団はその後ふたたび補充し強化され、充実した威容を持って北満の警備をつづけていた。しかし、日本軍にとって「天王山」と目されたレイテ決戦は、この重要任務にある師団をすら関東軍から引き抜かねばならぬほどに切迫していた。かくて、五年前、ソ連軍の圧倒的優勢の前に肉弾攻撃を行なって潰《つい》えたこの師団は、こんどはソ連軍の数倍にのぼる連合軍の兵力と近代的兵器と鉄量の矢面《やおもて》に立つべく、遠くハイラルから、ここフィリピンへと送られてきたのであった。

師団は歩兵第六十四連隊（熊本）、第七十一連隊（鹿児島）、第七十二連隊（都城）の三個連隊、工兵、野砲兵、輜重兵、および捜索各一個連隊と、さまざまな管理補給部隊を持ち、総兵力二万二千、当時の日本軍の中では最大の現役師団で、その装備もソ連の強大な軍事力に対抗するため、「甲級中の甲」といわれるほどよく整備されていた。ただし、この充実を誇ったのも、実は昭和十八年秋までのことで、たとえば歩兵の場合、昭和十九年八月、各連隊から抽出した兵で一個連隊を集成して牡丹江に送ったあとは、補充された召集兵はきわめて弱体で、銃の操作すらろくに知らない者、七、八キロの行軍にも耐えられない者がいたといわれる。

この兵団が十一月四日、動員令によりルソンの第十四方面軍に編入されることとなり、門司に集結、三梯団となって計十隻の輸送船に分載された。当時、本土と南方海域の間に跳梁《ちょうりょう》する敵潜水艦による損害の軽減をはかるには、日本はあまりにも船舶が不足していた。また、これを護衛する海軍の艦艇も、うちつづく敗戦のため著しく弱体化していた。

このころの輸送船がすべてそうであったように、船艙には幾重にも蚕棚《かいこだな》が組まれ、兵は畳一枚につき十人以上という信じられないほどの窮屈さで押しこまれた。船艙内の暑熱と空気の汚れは耐えがたいものであった。

しかも、これらの蚕棚は、魚雷の衝撃に耐えうるほどには頑丈に作られてはいなかったため、一発の魚雷があたれば、同時に落ちるこれらの棚の下敷きになり、圧死する者が多いことも容易に想像できた。この超満員の船に、さらに重火器や弾薬、車輛などが積みこまれると、一万トン級の巨船も著しく船足が沈む。この船団の中には、南方に原油を積みに行く、赤腹をさらけだした空船のタンカーが数隻まじっていた。この著しい対照を敵潜水艦が見逃すはずがなかった。おそらく敵は、出港直後から船団を尾行しつつ襲撃の機を狙っていたものと思われる。

十一月十二日、門司を出港した第一次船団が、はやくも十五日、五島列島沖で魚雷攻撃を受け、当時、陸軍の持つ最優秀船の一つであった上陸母船のあきつ丸がその餌《え》食《じき》となった。二本の魚雷を受けたこの巨船は急速に傾斜し、やがて大きな渦巻を起こしながら海面下に吸いこまれていった。

海面には、破片や雑多な浮遊物の間に、かろうじて脱出したわずかな兵の頭が浮かんでいた。しかし、大部分の兵員は、船とともに底知れぬ深淵へと沈んでしまっていた。そして、わずかな生存者も、救助が遅れたためつぎつぎと海上で死亡し、救命胴衣だけが蝶のようにはね上がって水面にただよっていた。救助艦がくるまでもちこたえたものは、乗員の三割にも充たなかった。とくに損害のはなはだしかったのは、歩兵第六十四連隊で、第一、第二大隊の三分の二を失い、連隊長中井春一中佐も彼らと運命をともにした。同船していた師団参謀長・村田鉄三大佐以下、司令部の部長級の将校もほとんどが海の藻屑《もくず》と消えた。

悲運はこれで終わらなかった。つづいて十七日、この船団は、執拗に追尾してきた敵潜水艦に済洲島沖でふたたび襲撃を受け、摩耶山丸が沈められた。野砲兵第十七連隊の第一大隊長以下のすべての将兵と、工兵第二十三連隊第一中隊のうち百五名が戦死した。さらにあとからつづいて出港した第二、第三次船団のうち、後者のハワイ丸が男女列島沖で雷撃され、捜索第二十三連隊の半数と工兵第三中隊の百八十四名が犠牲となった。まさに惨澹たる損害である。

しかし、高速の第二次船団だけは無傷で通り抜けた。この船団に乗っていた旭兵団の部隊は歩兵第七十一連隊、野砲兵第十七連隊の主力、および工兵連隊本部と第二中隊であった。

任務の変更

船団の行き先はレイテ島であった。当時すでに敵の占拠する同島北岸のカリガラ湾にそのまま突っ込んで逆上陸し、当時その南方オルモック港にたっする2号道路上の要衝リモン峠を死守していた第一師団（玉兵団）と呼応して、敵第三十二師団を挟撃するという、いわゆる「決号作戦」を行なうため、十二月十一日、バターン半島西方海面を時速十八ノットで急航していた。

このとき、突然、第十四方面軍からの電報が船団のマニラ入港を指示してきた。船団には旭兵団の二木歩兵第七十一連隊、落合工兵第二中隊のほかに、鉄兵団歩兵第三十九連隊（永吉実展大佐、姫路、一個大隊欠）が乗っていた。方面軍は、この貴重な戦力を無駄なレイテ作戦に投ずることをやめ、ルソンに止めるために、とりあえずマニラに入港を命じたのである。

この決定は賢明であった。カリガラ湾に上陸するためには、敵の完全な制空下のシブヤン海を抜ける必要があるが、それは十一月九日、オルモックに上陸した第二十六師団、十二月九日、レイテ北西岸サンイシドロに擱座《かくざ》上陸した第六十八旅団の運命に徴してもその不可能はあきらかであった。かりに万一その一部でもカリガラ湾に上陸しえたとしても、「十二月九日、リモン北峠上の第五十七、第一連隊は、人員、弾薬ともに減少し、ほとんど戦力として存在することを止めていた」と大岡昇平氏の『レイテ戦記』にもあるとおり、気息奄々《きそくえんえん》の玉兵団に挟撃などできるはずもなかった。しかし、この時点でも南方総軍司令部は、これを可能とみていたというから驚くほかはない。

かくて船団は、同日深夜、敵の夜間爆撃の間を縫ってマニラ港に入った。埠頭の建物はたびかさなる爆撃で廃墟と化しており、海面のあちこちには、九月以降の空襲で撃沈されたわが船舶のマストや上部構造物がみじめな姿をみせていた。旭兵団の将兵がはじめて見る〝東洋の真珠〟マニラとは、ガラクタばかりの殺風景な戦場の港にすぎなかった。

方面軍は、南方総軍の呼号する「決号作戦」に、二木、永吉の両連隊を送ることに極力反対した。さし迫ったルソン戦に使用してこそ、この現役の二個連隊を活用できるからである。しかし頑冥《がんめい》な総軍は依然としてカリガラ上陸を主張しつづけ、方面軍の再三の要請にやっと二木連隊と砲兵および工兵中隊の投入中止は認めたものの結局、永吉連隊と、その欠員を補うため、二木連隊の第三大隊（畠中次男少佐）をこれに配属することを最終的に決定してしまった。工兵中隊からは稲泉少尉の第三小隊がこれに配属されることとなり、「永吉支隊」が十一日に編成された。

一方、旭兵団司令部、歩七十二、歩六十四の一部、野砲十七らの諸隊を載せた第一次船団は、その後なんとか魔のバシー海峡を通過して、十二月三日にリンガエン湾北方のサンフェルナンド港に到着していた。そして第三次船団も、その後は損害なく同港に十二月二十三日到着したが、旭兵団は戦う前にその兵力の三分の一以上を失って戦場に着いたのであった。

ルソンに着いた旭兵団は、方面軍の命令により、すでに七月に到着して、敵のルソン侵攻軍の上陸地と予想されるリンガエン湾沿岸で陣地構築を急いでいた独混第五十八旅団（盟兵団）を指揮下に入れてこの地で配備につき、司令部をシソンに置いた。欠損の部隊は急遽、補充されたが、いずれも定員には充たず、補充員の多くは訓練不足の召集兵や病院下番兵（退院した兵。陸軍はときどきこのような奇異な熟語を使った）などで、弱体化は一見してあきらかであった。たとえば、もっとも損害の多かった歩六十四はかろうじて二千五百の兵力にまで復したが、その半数はルソンで拾い上げた補充員だった。

カリガラ湾逆上陸という絶望的な任務を与えられた永吉支隊は、大発などの小型船舶に分乗して十四日出港する予定で待機していた。山下奉文軍司令官は、この支隊にじきじきの激励の言葉を与えたが、彼はこの支隊の逆上陸はおろか、レイテ海域に達することすらあまり期待していなかった。彼は、ルソン戦に使用すれば有効な戦力となるこの第一級の現役兵の戦闘団を、上層部の愚昧《ぐまい》の故にむざむざ死地に送ることのつらさを味わっていた。従って、この異例の激励は、彼らに対する弔辞であるとともに詫びの言葉でもあったと思われる。

ところが、十四日は早朝からマニラ市とマニラ湾に大空襲が行なわれた。これは、その翌日挙行されたミンドロ島南部のサンホセ飛行場地区への、敵の上陸掩護のための空襲であった。その結果、永吉支隊を運ぶ予定の船舶の大部分が撃沈または撃破された。レイテ派遣はいまや不可能となり無意味となった。

方面軍は、敵に鼻先のミンドロ島に上陸されて驚愕したが、いまやレイテに煩わされる必要がなくなったので、ただちに永吉支隊を建武集団に配属し、バターン西岸スビック湾方面からの敵の侵攻に備えるため、ディナルピアンからオロンガポへ半島の付け根を横断する国道7号線上のジグザグ路に陣地占領を命じた。畠中大隊は歩七十一に復帰を命じられた。

歩七十一はこの日、当時、敵のもう一つの上陸地点と考えられていた南部ルソン、バタンガス州に急派されることとなった。連隊は十五日早朝、貨車でマニラを発ち、駐屯地ロスバニヨスに向かった。この日も早朝から空襲が激しく、彼らの列車も狙われた。載せていた二十五頭の馬が直撃弾で爆死するという惨事があり、将兵ははやくも戦場にきた感を強くして南下した。

南部ルソンは、以前から抗日ゲリラ活動の熾烈《しれつ》な土地で、とくに大盛大隊が進駐したサンパブロ市は、その中心といってよかったが、将兵は、一見、愛想のよい住民たちの表情の裏に激しい憎悪と敵意の隠されていることなど知る由もなく、ただ日本軍の発行している軍票の価値の驚くほどの下落にとまどうばかりだった。

方面軍がこの連隊を南部ルソンに送ったのは、この方面への敵の侵攻に備えるためというよりも、当時実施中の陽動作戦の一環としてであったらしい。この地域に敵の大兵力を上陸させては、各拠点への兵員の配備や物資の輸送が緒についたばかりの時点で、やむをえずここで決戦が行なわれれば、陣地構築も部隊配置もできていないわが軍はたちまち敗れ、その意図する持久戦も水泡に帰するのは明白だった。

従って、この方面にわが軍が大兵力を配置しているものと敵をして誤断させ、その上陸を断念または遅延させることが絶対の必要事であった。このため方面軍が行なったさまざまな欺騙工作による陽動作戦は、ルソン戦における数少ない成功例の一つとして有名であるが、その結果、この方面への敵の上陸を一月末まで遅延させることに成功した。

方面軍は、旭兵団の虎の子である二木連隊をながく南部にとどめなかった。二木大佐はロスバニヨスに到着した二日後の十七日、ただちにマニラに引き返すことを命じられた。このころにようやく確立した方面軍の尚武、建武、振武の三大拠点の構想は、いまや敵主力の上陸必至と思われるリンガエン湾の防御の強化のため、旭兵団の全兵力を必要としたのであった。

二木連隊長は十二月二十三日、シソンから迎えにきた輜重隊のトラックにその第一大隊（森千代治大尉）、第二大隊（大盛和夫大尉）を載せ、当時マニラから北方拠点へと転進する各部隊の大混雑と道路の渋滞の間を縫って北上した。途中クラーク・フィールドでB-24三十二機の大空襲にあい、肝を冷やしたが、幸い損害もなく、この大部隊は二十四日、アカシアの巨木の繁った美しいビナロナンの町に着き、暫時ここに連隊本部を置いた。

しかし、畠中第三大隊はまだマニラにいた。危うくレイテ行きをまぬがれた大隊は、連隊に復帰する間もなく、こんどは十五日、軍命令で当時マニラ東方ワワダムに位置し、この地域の陣地構築と部隊の編成を急いでいた小林隆少将の「マニラ防衛部隊」に、その弱体の強化のため配属され、マリキナ地区の陣地構築を命じられた。畠中少佐は当然これに反発した。やっと一月三日、原隊復帰を命じられたが、この時点でも言を左右にして大隊をひきとめようとする「マ防」を振り切るようにして、少佐は、大隊を率いて一月六日、徒歩で北上を開始した。しかし、十三日、ようやくビナロナンにたどり着いた大隊を待っていたのは、非情な斬り込みの命令と全滅の悲運であった。これについては後に述べる。

旭兵団の後任参謀長としては高津利光大佐が任命された。大佐は、本間雅晴中将の第十四軍がフィリピンに侵攻したとき高級参謀だった人である。また歩六十四の後任連隊長としては、方面軍司令部付の連隊長要員の中から中島正清中佐が任命された。

旭兵団の指揮下に置かれた盟兵団は、リンガエン湾北東部のダモルティス＝ロサリオ道路（3号線）付近の山麓と丘陵群に陣地を占領し、その西方サンファビアンの東の山麓ビンダイからマナオアグ付近の低い丘陵群には歩六十四が配置された。

方面軍は、アメリカ軍の上陸地点をリンガエン湾の北東部、すなわちサンファビアン以北の海岸と推定していた。湾の西方、ダグパン、リンガエン付近の海岸には、いたるところに大小の川、沼沢地や、フィリピン人の好むバグースという魚の養魚池などがあるため、大部隊の機動は不可能だと思っていた。昭和十六年十二月、本間中将の第十四軍が上陸したときも、この地区を避けた。アメリカ軍が湾の西部に上陸するとしても、それはせいぜい小部隊によるスワル湾占領のため、この地点に限られるも

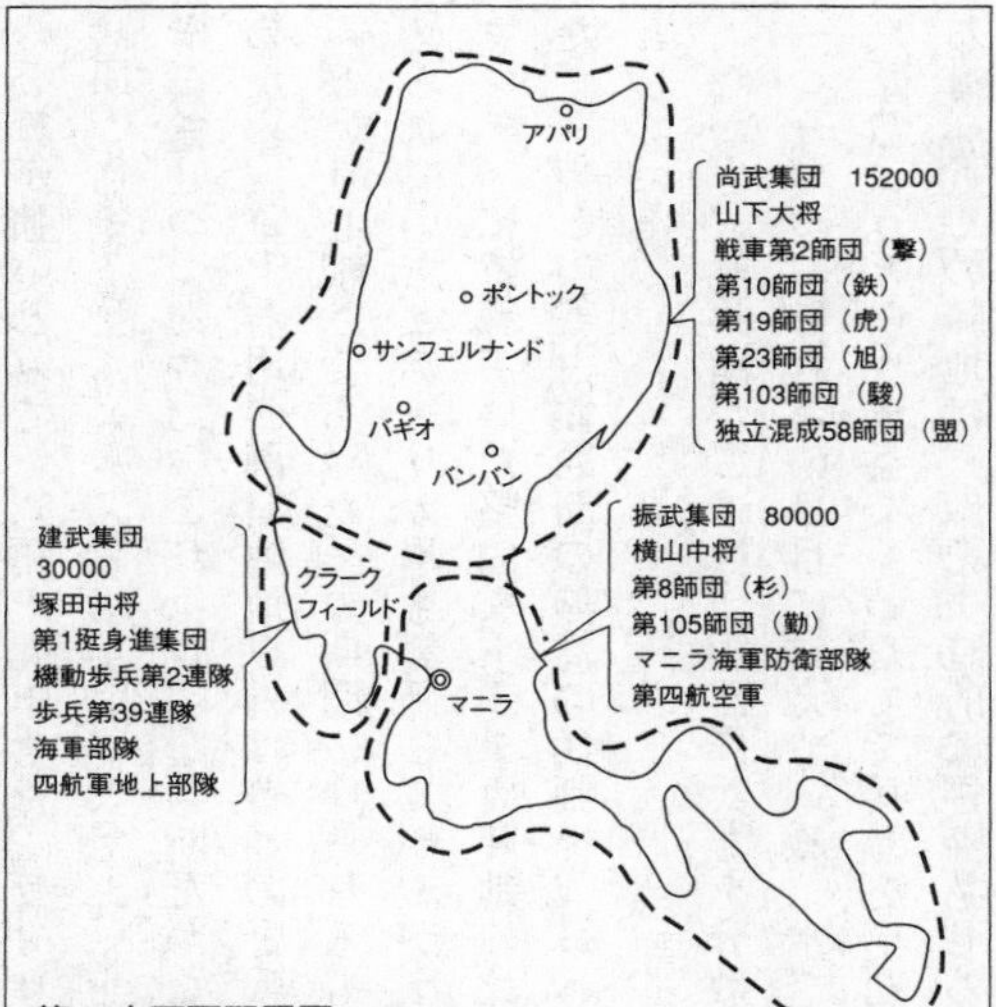

第14方面軍配置図　昭和20年1月現在

のと方面軍は推定していた。これがおおきな誤りであった。方面軍は、敵に水陸両用の戦車があり、沼沢地などは苦もなく突破することを知らなかったのである。近代化された敵の機動力に対する認識の欠如が、方面軍の作戦指導の第一の蹉跌《さてつ》で、意表をついてここに上陸した米第十四軍団の大兵力の急速な南進のために、かなりの長期にわたって持ちこたえ、アメリカ軍のマニラ突入とクラーク基地の使用を妨害する任務の建武集団が、その戦備の整わないうちにいとも容易に制圧され、これがマニラおよびその東方拠点の防御にも致命的な影響をおよぼすこととなった。

　山下大将の前任者、黒田重徳中将は、リンガエン湾への敵の上陸の公算が強いとみて、昭和十九年七月、フィリピンにきた独立混成第五十八旅団（盟兵団・佐藤文蔵少将）に命じ、湾の東および北に低く重なる稜線に防御陣地を急遽、構築させつつあった。これは賢明な判断だった。しかし、その陣地たるや、資材不足のため、重火器用の洞窟陣地以外は普通の野戦用で、火線には蛸壺《たこつぼ》が掘られているのみという心細さであった。短期間に作られるものとしては、その配置も構造もよく考えられていたとアメリカ軍も評価しているが、ドイツ軍がフランス北岸カレーやノルマンディに持っていた堅固なトーチカ陣地に比べると、子供だましのようなものだった。三年という占領期間の無為の代価を、日本軍はいまや高価な犠牲において払おうとしていた。

しかも、旭兵団がこの広い正面に兵力を分散した場合、敵の集中攻撃の前に拠点が一つ一つつぶされるのは目に見えている。水ぎわでくい止めようと努めたり、海岸で反撃しようという無益なくわだてで兵力を早期に損耗するのは愚の骨頂である。むしろ海岸近くの陣地は、敵を一時的に遅滞させるための前進陣地と考え、より後退した山麓の本陣地から抵抗することが、持久戦の目的によりよくかなうものだというのが、旭の司令部の一致した意見であった。

ところが、十二月二十八日、時の方面軍参謀副長の一人、西村敏雄少将がクラーク地区からバギオに帰る途上、シソンの旭司令部に立ち寄った。彼は十二月二十日に出ていた「尚武集団作戦指導要綱」（註）に基づいて、当時、湾の西隅スワル港に配置されていた海上挺進隊（ベニヤ製の特攻艇）の第十二戦隊（高橋功大尉）、同基地大隊（立川武喜少佐）の掩護をかねて、有力な戦闘部隊をこの地区に派遣することを要求した。

前述のとおりスワル港はアメリカ軍の上陸の予想される地点であり、北、ボリアノ半島の付け根を横断して南支那海に出る隘路の入口ともなっているので、いま考えると荒唐無稽《こうとうむけい》な話だが、建武集団と連絡し、場合によってはこれを尚武地区に吸収することのできる唯一のルートと考えられていた。

（註）この指導要綱は、やがて上陸する敵に対して海岸近くの陣地を堅固に守り、状況によりそれを攻撃の拠点とする方針を示したもので、ボリアノ半島に上陸する敵に対しては挺身斬り込みにより、リンガエン平野への侵入を阻止することを指示していた。すなわち、双方ともはなはだしい見当違いと楽観とに基づいている。

旭兵団の新配置と大盛支隊

方面軍の命令で旭兵団はいやいやながら、その少ない兵力から捜索第二十三連隊

（欠員、久保田尚平中佐）と歩七十二の第一大隊（野田敏夫大尉）に若干の工兵をつけてスワル港に派遣した。この部隊は前述の海上挺進隊をもその指揮下に入れて、兵力約二千五百の久保田支隊となった（この支隊は、のちにサムバレス山中に入りこみ、一兵も残さず謎の消滅をとげる）。

久保田支隊をスワルに出すと、歩六十四の前進陣地および旭の主陣地とスワル地区の間の「リンガエン平野」がガラあきになっていることにいまさらながら気がつく。どうせこの平地に敵が侵入してきても、それは一個連隊がせいぜいだろう。それでもここを突破されると困る。スワル港の久保田支隊との連絡のためにも、敵の進出を一時的にもせよ、くい止めるためにも、この中間に前進拠点がほしい。そこで考えられ、決められたのが、カバルアン丘であった。

防衛庁の戦史の付録に、フィリピン作戦用に作られたと思われる地図の写しがある。地名はすべて当時の右書きで、地形については作戦の立場からの説明が記入されて、なかなか周到なものである。戦争のよほど前から、いろんな民間の商社マンに化けてこの国にきた軍人その他のスパイが、フィリピン全土の詳細な作戦用地図を作り上げていた。昭和の初期には、のちの第十四軍参謀長・前田正実少将が電器商人に化けてルソン島の各地を「行商」して回ったこともよく語られている。日本の帝国主義がずいぶんまえから、このフィリピンに目をつけていたことは事実らしく、筆者がある伝《つ》手《て》でえた、パンガシナン州の地図は、なんと一九一六年（大正五年）作製のものであった。

　前者の地図には、カバルアン丘について、「比高一〇〇メートル以下。良好ナル展望点」と書き入れがなされている。後者の地図の方は、最高点は二百フィートとなっている。そういうわけで、これだけの高さがあれば洞窟陣地くらいはつくれるだろうという見込みで、この丘が一度も作戦立案者によって実地に踏査されることなく、前進抵抗拠点と定められたが、彼らは、実際はこの丘の比高がせいぜい二十メートルぐらいであることを知らなかった。そして、ここに急派されることになったのが大盛支隊である。

　支隊の編成は左のとおりとなった。

支隊長（歩兵第七十一連隊第二大隊長）　大盛和夫大尉
第五中隊　池増正利中尉
第六中隊　山下利夫中尉
第七中隊　倉竹七郎中尉
機関銃中隊　木本　勝中尉

大隊砲小隊　　　　　　　　　　　大平　繁中尉
配属部隊
速射砲小隊（四十七ミリ速射砲二門）　安田安正中尉以下四十名
野砲小隊（九〇式七十五ミリ牽引野砲二門）　和田芳幸少尉以下四十八名
師団通信隊（一個分隊）
計九百四十名の兵力と推定される。

大盛大尉は、まず大隊本部の兵数名を連れて一月三日、現地へ出発した。師団の情報参謀・井上至文少佐が指導のため同行した。

ウルダネタの十字路を西へ一キロほど行くと左折する道があった。稲田の中を走るこの一本道を約三キロ進むと、前方に川沿いに細く長くつづく林があり、人家も数軒見える。この林の中の木橋を渡ると景色はふたたびひらけて、前面に大きく広く横たわる森が見えた。カバルアンという「丘」はどこにもない。しかし、地図を調べると、カバルアン丘に該当する地点はこの森しかない。念のため現地人に尋ねると、とっかかりの集落がカバルアンだと教えられて、大尉は唖然とした。この広い低い森の中に一個大隊を配置するとすれば、どこが陣地として適当だろうか。この地形ではたして陣地らしい陣地ができるだろうか。大尉の頭はそのことでいっぱいであった。

大尉は、この広い丘全体に少ない兵力を配置することの無意味なのをすぐ悟った。彼は、敵の攻撃が、カバルアン丘のすぐ北を、ウルダネタと海岸のダグパン市を結んで走っている道路上を、ウルダネタ方面へ指向して行なわれることを予想して、その陣地を、丘の北西の四分の一に集中するほかはないと考えた。ここならカバルアン集落の西側には樹木も多いし、多少の起伏もあった。丘のほかの部分はなだらかな丘陵をなしているが、開豁地が多くて陣地にはならないし、そのような部分まで守るとすれば一個連隊を必要とするだろう。

「前進陣地だからといって軽く考えないように。別命があるまでは頑強に抵抗するんだ。玉砕もいけない、退ることも許されない。死守するつもりで戦ってほしい」と、井上参謀は大尉に釘をさすような激励の言葉を残して、一月五日、司令部へ引き揚げていった。

(註) 後日、大盛大尉から師団あてに訣別の電報が入り、一同を感激させたとき、井上参謀は「それは俺が死守を命じたからだ」と言った。しかし、それはありえないことである。この時点では旭兵団としては、カバルアン丘は単なる前進陣地としか考えていなかった。これを本陣地あつかいにせねばならなくなったのは、一月六日以降である。従って、一参謀が死守を命令することなどは考えられない。彼は後日、落合中隊にベンゲ

ット路の守備を命じたとき、「ベンゲット路の華と散れ」と訓示した。そういう派手な表現の好きな人だったらしい。大盛支隊は、結局最後まで、死守はもちろん、固守の命令すら受けていない。このことは重要であるからとくに記しておく。

方面軍と兵団との主陣地構想の相違

本隊が着いた。支隊長は井上参謀の指示に従って、海岸ちかくに警戒部隊として第七中隊の原田小隊、アグノ川沿いのバヤンバンに第六中隊の横田小隊、そして、カルメン橋警備に第五中隊の岩重小隊を配置した。筆者が八日夜、接触したのはこの小隊である。彼はまた、敵が前述のダグパン道路を、まず戦車をもって偵察攻撃にくるものと予想し、丘の西部ルネック集落のすぐ北にあるこの道路上のカタブラン集落の西端に、配属の和田野砲小隊をその二門の砲とともに配置し、これを掩護するために第六中隊の比嘉小隊をそこに派遣して陣地をつくらせた。

かくして旭兵団は、スワルに久保田支隊、カバルアン丘に大盛支隊、その北の丘陵群には歩六十四と、非常に広い正面に兵力を分散して配置せざるをえなくなったが、兵団としては、その主抵抗線はあくまでもシソン東方の山地と決定して、着々とその準備を進めていた。

ところが、大変な問題が起こった。一月五日、前線を視察にきた方面軍参謀長・武藤章中将が、旭兵団長に対し、「旭兵団の位置は後退しすぎている。カバルアン丘の陣地は、本陣地として強化する必要がある。海岸に配置している警戒部隊は、さらに増強せねばならない。いずれこのことは、方面軍命令として通達するから」と言い残してバギオに帰っていった。旭兵団はこの宣言に驚愕した。

この日、敵の大侵攻船団があきらかにリンガエン湾をめざして北上中との報が入っていた。この急場に配備の変更も、そして勿論、陣地の強化も間に合うはずがない。カバルアン丘は言うまでもなく、その北方の小丘群にも、これを主抵抗線とするような施設は、何一つできていない。軍司令部のこのあきらかに無理な要求に、兵団長以下が深刻に考えこんでいたのはこうした事情からであった。

翌一月六日早朝から、猛烈な事前艦砲射撃がまず湾北方のサンフェルナンド港、バウアン地区に加えられはじめた。これが一秒に三発という激しさでしだいに湾正面を叩きはじめると、海岸の警戒隊などはなすところを知らず、ほうほうの態で逃げ帰ってきた。そこへ旭兵団の苦境に追い討ちをかけるように、方面軍からの正式命令がきた。

「旭兵団（盟兵団ヲ属ス）ハ、リンガエン湾正面ノ敵ニ対シ海岸近クノ陣地ヲ堅固ニ守備シ、同陣地ニ拠ッテ敵ヲ撃摧スベシ」

ここで、方面軍が「海岸近くの陣地」と呼んだものはなんであったかをあきらかにする必要がある。当時のもう一人の参謀副長・小沼治夫少将が戦後アメリカ軍のGHQで行なった説明によれば、それは、サンファビアンのすぐ東の丘陵にあるビンダイ集落からマナオアグ、カバルアン丘とつながる線に設けられた陣地を意味していた。これに反して、旭兵団が考えていた主陣地とは、おなじくビンダイから真東に走り、いくつかの丘陵を越えて国道3号線を横断し、ビナロナン東方のサンマヌエル町のすぐ北に迫る山麓に至る線であり、方面軍の主張するものよりもはるかに後退していた。武藤参謀長はこれを指摘したのである。

もっとも、聡明な武藤中将も、ガダルカナル島で作戦指導を行なった小沼副長も、この主陣地で旭兵団が大敵を「撃摧」はおろか、長期にわたって遅滞させることができないことくらいは知り抜いていた。しかし、この線を主陣地と考えてあくまでも頑張り抜く覚悟でないと、持久戦は行なえないと思っていた。小沼氏は次のように述べている。

「方面軍としては、ビンダイ＝サンマヌエル北側高地の線から、ビンダイ＝カバルアン丘への大規模な陣地変更は、戦局の逼迫《ひっぱく》しつつある状況下においては勿論、困難と考えたが、方面軍が本命令を出したのは、旭兵団をして、実質的にマナオアグ＝カバルアン丘を主陣地として別命あるまで頑強に保持すべき意図を明示したものであった。なお、武藤参謀長は、主陣地ビンダイ＝カバルアンの線においてまず抵抗し、ついで主陣地をビンダイ＝サンマヌエルの線に後退せしめて持久の目的を達成せんとする考えであったが、私はこれに反して、ビンダイ＝カバルアンの守兵は最後までその線で抵抗し、ビンダイ＝サンマヌエル北方高地の守兵も最後までその線で抵抗させる主義であった。これは、戦死される人たちにはまことに気の毒ではあるが、こうしなければ優勢な敵に対し、長期の持久目的を達成できないというのが、ガダルカナル島の経験からえた私の信念であった」（公刊戦史『捷号陸軍作戦(2)』より）

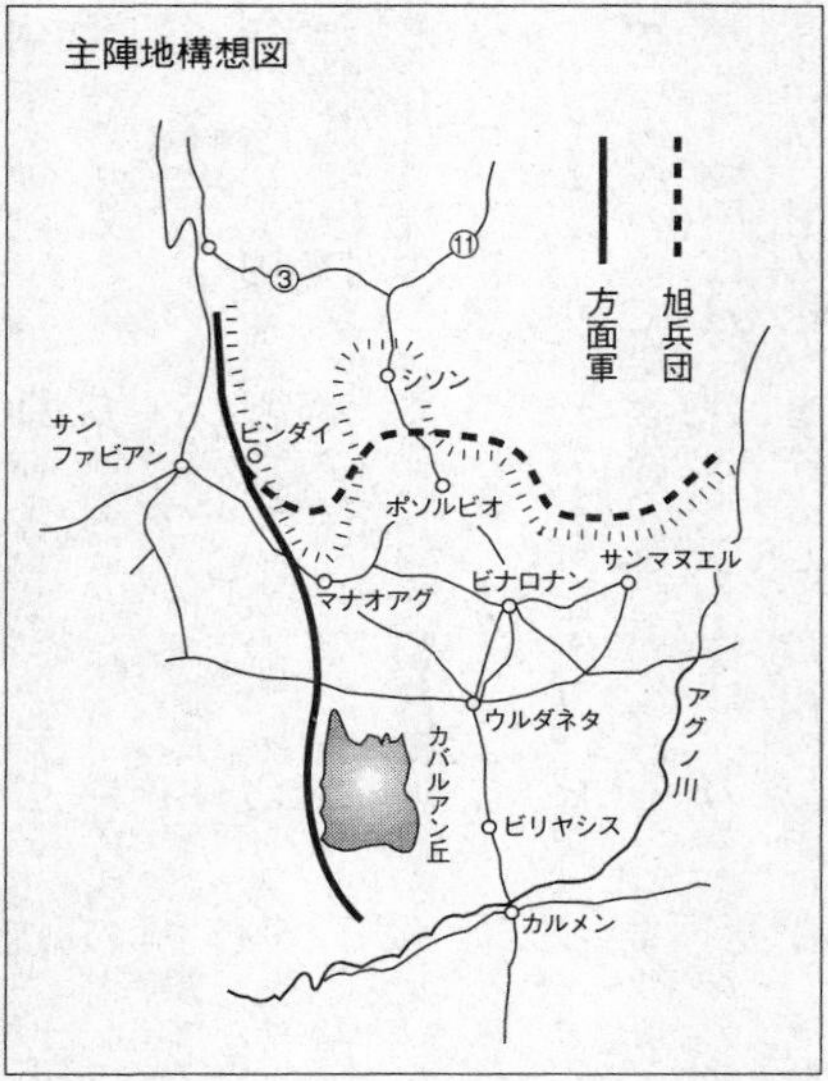

前線部隊の扱いについて、小沼

副長が前段では「別命あるまで」頑強に抵抗させる、と言い、後段では「最後まで」抵抗させると言っていることは、一見矛盾のようであるが、実はおなじことを意味していたとみるのが正しい。彼は武藤中将の主張する程度の抵抗ではなく、ほとんど死守にちかい固守を考えていた。だから、彼のいわゆる「別命」が下りるころは、部隊が潰滅的な打撃を蒙ったあとであったろう。この場合、とくに日本軍の小部隊は文字どおり最後の一兵まで戦って斃れているかもしれないが、それは致し方がないと彼は考えていた。

もっとも、小沼氏の言うとおり、ビンダイ＝カバルアンの線で前線部隊が玉砕し、次に山麓の線で旭兵団の主力が潰滅してしまって、はたして息の長い持久戦ができるかとの疑問は残る。おそらく彼は、のちにバレテ、サラクサク戦線で鉄、撃両兵団に苛酷なほどの抵抗を要求し、最後の極限に撤退を命じたように、旭兵団に対しても同様な固守を行なわせたのち、引き揚げさせることを考えていたのであろう。

事実、彼は、第一線の主陣地を守る歩六十四に対しては、すでに戦力の限界に達したとみて撤退を命じている。しかし、一方、なんの要求も要請も行なわず、黙々として英雄的な孤立戦闘をつづけている大盛支隊のほうは見殺しにした。このような小部隊にとっては、固守といい死守というも、その差はほとんどなく、圧倒的なアメリカ軍と戦ってその使命を実行しようとすれば、とくに日本兵の場合は、玉砕してしまうのが常である。撤退させるのであれば、その命令は時機を逸してはならないのである。

（註）二木栄蔵氏は筆者あての書簡の中で、歩六十四の後に大盛支隊にも撤退が命令されたと言っておられるが、それは、同氏の再三の熱心な撤退要請に対して師団が独自に与えた承認または許可であって、方面軍から出たものではない。しかし、その時すでに支隊との通信は途絶し、命令伝達の方法がなかった。これではただ連隊長を慰めただけである。

小沼副長が、ここまで峻烈な抵抗を旭兵団に要求したについては、もう一つの重大な事情があった。それは尚武集団の死活にかかわるものであった。

当時、北部ルソン持久戦に必要な軍需物資は、搬入されるために、バギオ南麓のロサリオ地区並びにヌエバエシハ州の要衝サンホセ地区に集積されていた。しかし、ロサリオの軍需品は一月上旬の空襲によりことごとく焼失したため、いまやサンホセ地区の三千五百トンが尚武集団の生命の綱となっていた。これを、一日もはやく国道5号線を北上してバレテ峠を越え、カガヤン河谷の兵站部の中心へと移送しなければならなかった。敵もこれを察知してか、この地区に激しい空襲を加えはじめていた。

また、方面軍の命令で、バレテ峠を守るために、マニラ東方の振武集団地区から北上中の第百五師団（勤兵団）司令部と五個大隊は、一月六日現在、サンホセ南方五十キロのカバナツアンにも達していなかった。そのうえ、近い将来、主戦場となるはずのバレテ峠には、陣地が全然できていなかった（この時点では、バレテは勤兵団が守り、鉄兵団はサンホセ地区に配置される予定であった）。これらの重要案件を達成するに必要な時を稼ぐことは、持久戦の可能性を支配する焦眉の急務であった。そのため、敵を5号線から遠ざけておくためには、旭兵団に海岸近くでも少しでも長く持ちこたえてもらう必要があったのである。

こういった重要な戦略的事情は、大盛支隊長およびその将兵には、一言も伝えられてはいなかった。奇異なことには、彼らは、その陣地において固守せよとも死守せよとも命令されなかった。彼らがその防御の意義と任務を知っていたら、より明確に自分たちの死を意義づけることができたであろう。それなのに、ただ頑張れ、玉砕するな、後退もするなと命じられ、やみくもに戦って死んでいった。

方面軍と旭兵団の主陣地構想の相違は、当然、両者の幕僚の間に論争を起こした。しかし両者の見解の相違にもかかわらず、ここに確実となったのは大盛支隊の運命であった。

西山師団長は、方面軍の命令の実行には疑問を感じ逡巡したが、結局はこれに従わざるをえず、公刊戦史によれば、次のように決定して各連隊長に「命令を下達」した。

㈠マナオアグ付近の現兵力（歩七十二の一個中隊弱）を約一個大隊に増加し、本陣地的に固守せしむ

㈡カバルアン丘の大盛支隊（砲一中隊配属）は本陣地的に同地を固守せしむ

㈢上記㈠と㈡の中間に歩兵約一個中隊を連絡拠点として新たに配備す

ところが、軍隊というものは不思議なことの起こるところである。旭兵団のこの苦境は、実に奇怪な形で解決した。これを解決と呼ぶことは妥当ではないが、ともかくも、解消したことは事実である。それをもたらした事情は、いまもって一つの謎であるが、歩兵第七十二連隊長・中島嘉樹大佐は、右の師団命令の㈠と㈢を実行しなかったのであった。「命令が出たの

を知らなかった」と、彼は弁明した。

このことに対して、方面軍から旭兵団に、旭兵団から中島大佐に、叱責が行なわれたと公刊戦史には記されているが、さらに奇異なことには、この明白な命令違反に対して、師団がきびしくその実行を督促し、これを具体化する努力をなんら行なっていないことである。

戦闘中ならいざ知らず、通信も連絡も平常どおりに行なわれていたこの時点で、兵団司令部とは目と鼻の間にある歩兵第七十二連隊本部が、この重大な命令を受領しなかったということがありうるだろうか。

また、これほど重要な戦略的配備を、師団長がじきじき各連隊長に徹底させなかったとすれば、それも奇怪である。これを思うと、どうもこの命令不実行には、何か作為のにおいがする。歩七十二が兵力を出さなかったのは、師団が出させたくなかったからではないか。その故に歩七十二をダシにつかって打った芝居ではなかったか。果たして「命令を下達」したかどうかも怪しくなる。それかあらぬか、中島大佐は後日、兵団司令部に対して、激しい憎悪を表明したことがある。

「知らなかった」命令の不実行を責められたせいなのであろうか。後述するが、師団は歩七十一の二木連隊長に対しても、この戦略的配置の意義を充分に説明していない。

ということは、師団自身が、方面軍の命令の実行を逡巡していたことの一つの証拠と考えられないこともない。

事情はどうであれ、方面軍があれほど強力に主張し命令したビンダイ＝カバルアン丘第一次主抵抗線のアイデアが、一連隊長の「不注意」により一朝にして崩れ去り、その結果、大盛支隊が歩六十四の陣地から三十キロ以上も南方にポツンと孤立して、千名にも足りない寡兵で敵の大軍を迎えることとなった。そして大盛支隊長は、自隊のこの孤立を少しも知らされていなかった。これがのちに、この支隊長の判断と行動に悲劇的に影響する。

一方、二木歩兵第七十一連隊長は、カバルアン丘の本陣地化の要求は知っていた。そこで彼は、師団長に要請して強力な工兵隊の支援を求めた。その結果、工兵連隊で唯一の健全な落合中隊が、大盛支隊の陣地強化のため急派されることとなった。

普通、工兵中隊が全力で支援するのは、歩兵または砲兵一個連隊に対してである。大盛支隊のごとき大隊に工兵中隊が派遣されたのは、通常のやり方では陣地構築は間に合わないと考えられた故である。しかし、この派遣には裏があった。実は、師団は、この精強な工兵隊をそのまま現地に残して、歩兵として支隊とともに戦わせるという底意を持っていた。

こうすれば、支隊の強化となると同時に、歩七十二の「失態」に対する方面軍への申し訳にもなる。一石二鳥の名案である。かくて落合隊は、知らぬままに大盛支隊同様に〝身替わりの山羊《スケープゴート》〟とされていたのである。

第二章　カバルアン丘

戦闘準備

落合秀正中尉（陸士五十六期・当時二十一歳）の工兵中隊がカバルアン丘へ急行を命じられたのは、昭和二十年一月七日の夕方であった。中隊はシソンに着いて以来、酷暑の中で連日不眠不休の陣地構築を行なって、将校も兵もクタクタに疲れていた。中隊長は、彼らを休養させる必要を痛感していたが、なにしろ間近に迫った敵の上陸前に陣地を完成する必要に追い立てられ、休養どころではなかった。

一月六日、敵の船団がリンガエン湾に到着すると、中隊は海岸の鉄橋を数個所爆破することを命じられた。数百隻の敵艦船を横目に眺めながら、その命令を遂行し、連隊本部のあるボボナン集落（シソン南方）に帰ったのは、一月七日であった。昨日まで北方のサンフェルナンドを叩いていた艦砲射撃は、今日はリンガエン湾正面に、激しくその巨弾を炸裂させはじめていた。一日遅かったら、中隊はまともにこれをくうところであった。

連隊本部に着くと、彼はただちに連隊長から、カバルアン丘に行き、大盛支隊の陣地構築の支援をせよと命じられた。この時点では中隊は、まだ全員の集結を終わっていなかった。集結を待って夜間だけ行動すれば、途中空襲される心配はない。しかし、敵はビラでフィリピン人に、九日に上陸することを予告している。アメリカ軍の進撃のはやさを考えると、一日を争うことであった。

そこで中尉は、まずカバルアン丘におもむき大盛支隊長と打ち合わせを行なうため、川辺功軍曹以下指揮班の兵数名を連れて、連隊の持つフォードの大型トラックに乗りこんだ。国道の上空には敵のP-38戦闘機が絶えずパトロールしていて、日本軍の兵や車輌を見ると猛然と急降下して銃撃した。車は、敵機が旋回している間は樹陰に潜み、遠ざかると全速で走り抜けながら南下した。一月八日である。敵の艦砲射撃は、狂ったように海岸一帯を叩いている。

ポソルビオを過ぎ、ビナロナンの二キロ手前まで来たとき、突然、車は路の傍から銃撃された。近距離で射たれると、小銃でもひどい音がする。ゲリラだった。敵機にばかり気をとられていた中尉は、地上のこのようなうるさい敵の存在は考えてもいなかったこととて、一瞬度を失ってトラックから飛びおりた。

「君は初陣だね」と、ビナロナンまで便乗していた撃兵団の軍医が笑った。

カバルアン丘に着いた落合中尉の驚きは、大盛大尉のそれと同じだった。これは、丘というものではない。多少起伏のある森にすぎない。地形を利用しての陣地構築など考えられない。遮蔽がよいだけではないか。

「隊長どの、これが丘ですか」と川辺軍曹も呆れて言った。

カバルアン集落から森に入り、しばらく西へ道のないところを進むと、大盛支隊の兵がいた。大盛大尉は、森の中に天幕を張って本部を設けていたが、中尉を喜んで迎えた。「よくきてくれた」と大尉は言った。

「敵は明日にも上陸するだろうが、すぐにここまで来ると思う。粗末な陣地でもよいから、三日でなんとか格好をつけてほしいんだ」

このころまでに、大盛支隊長は師団から、「玉砕すべからず。なしうる限り長期持久せよ。徒らに陣前出撃を禁ず」という訓令を受け取っていた。もっとも、彼は師団から、この陣地が本陣地的に固守されることになった決定については何も知らされていなかったので、ここは依然前進陣地であると信じていた。だが、容易ならぬ前進陣地であることは、工兵中隊の全力派遣という事実でも察することができた。しかし、彼にとっては、ここが前進陣地であろうとなかろうと、撤退の別命があろうとなかろうと、敵がくれば全力をあげて戦うことが武人の義務であった。撤退を期待してのヘッピリ腰では戦闘はできないものだ。

一方、落合中尉は、この陣地に期待された重要性には気づいていたものの、これが本陣地らしいと知ったのは、少しあとのことであった。

師団は、支隊に対して長期持久を命じたものの、この陣地をあくまでも固守せよとも死守せよとも指示しなかった。師団はこの時点でも、依然として方面軍の主陣地構想には批判的で、申し訳に大盛支隊の陣地強化ははかったが、各連隊長にすら方面軍の方針とその目的を徹底させていなかったと信じる理由がある。小沼構想は、あきらかに持久のための敵の抑止であった。が、二木連隊長の把握はよほど違っていた。

二木連隊長は、カバルアン丘は当初は旭兵団の主陣地完成の掩護のための前進陣地であったが、のちに方面軍ができもしない水際撃滅作戦を計画し、その拠点としてこの丘が、歩六十四や久保田支隊とともに主陣地的固守を要求されたものだと思っていた。故に二木大佐は、旭の主陣地がほぼ完成し、水際作戦も不可能とわかった以上、放置すれば大盛支隊は全滅をまぬがれないと思い、十七日以降、再三これが撤退を師団に要請している。つまりこの連隊長には、小沼方式が少しも伝えられていない。連隊長の要請に対し、師団も、「方面軍がどうも同意しない」とか「支隊はすでに軍直属になっているから、師団命令は出せない」などと答えている（軍直属という事実は無い）。師団も連隊長には、このような消極的な答え方しかしていない。大盛支隊の固守の意義を、連隊長に説得する姿勢ではなかった。それ故に筆者は、「命令が出たのを知らなかった」という歩七十二中島連隊長の言も、案外真実に近かったのかもしれないというのである。師団と方面軍の意見の相違については、二木大佐も気づいていたという（二木栄蔵氏の筆者あての書簡による）。

大盛大尉は落合中尉に、まずカタブラン集落の野砲陣地を強化してほしいと要請した。中尉は、ただちにトラックでカタブランの和田少尉を訪ねた。道路に下り立って呼ぶと、和田少尉はすぐ林の中からニコニコしながら出てきて、「よろしくお願いします」と言ったが、たちまち顔をこわばらせて言った。

「これは困ります。なんとかして下さい」

「どうしてだ？」

「トラックを陣地のそばで露出されては、火砲を秘匿した意味がなくなります」

（また失敗した！）と中尉は恥じた。彼はトラックをただちに後退させ、林の中に入って和田少尉と打ち合わせを行なった。中尉が一期下の少尉にちょっと先輩ぶって訓示めいた激励を与えると、「そのとおりです。頑張ります。落合さん、和田小隊の活躍を見て下さい」と、このまじめな少尉は決意を顔に表わして言った。

落合中尉はこの時、もう一つのことをも考えていた。彼が一月四日、このカタブラン集落の西方十二キロのカラシアオにいたとき、ある民家で会った美しい混血《メスティサ》の少女のことだった。ひと目見た瞬間、彼はその天使のような美しさに完全に魅惑された。もう言葉も通じない、わずか数分の会合だったが、彼はこの娘が忘れられなかった。もう一度会いたい一心で、一月六日、彼はふたたびこの町を訪れ、彼女の家に行ったが、すでに町は混乱状態で、名前を呼べども返事はなく、一家はいずれかへ立ち去っているようだった。しかし、このカタブランからなら車で二十分もかかるまい。なんとかしてもう一度会い、できれば救出したい。こう思うと矢も楯もたまらず、彼は少尉に尋ねた。

「これからカラシアオまで行ってみたいんだが、向こうの様子はどうだろうか」

和田少尉は一瞬驚いた表情で、中尉を見つめていった。

「なんのご用か知りませんが、あの町はゲリラが占領しています。歩兵隊の斥候が確認しているんです。落合さん、行けば必ず殺されます。絶対におやめ下さい。もうこの和田小隊が最前線なんですから」

少尉の誠意のこもった懸命の説得に、中尉は冷静を取り戻した。自分にはまだ果たすべき多くの任務があるではないか。彼は、あの〝カラシアオの天使〟の無事を祈りながら引き揚げた。

この集落の東入口に、コンクリートの橋がある。いずれは、野砲は撤退して丘に入るだろうが、そのあとこの橋を破壊しておけば、付近は数メートルの断崖をなしているので、敵の機甲部隊がウルダネタ方面にこの道を進出するには、修復にかなりの時間を要するだろう。

午後四時、ふたたびボボナンに帰るため、中尉は丘を出た。一時間後、ビナロナンに到着した。くる時にこの町の北側で狙撃を受けていたので、情況を聞くため、町の東側の集落《バリオ》にあったわが軍の物資集積所に立ち寄った。そこに旭兵団の児玉後方参謀がいたが、中尉を見るときびしい語調でいった。

「貴公だな。今朝ゲリラに射たれて、応射もしないでそのまま突っ走ったというのは。撃の軍医が笑っていたぞ」

中尉は一言もなかった。

「そんなことではゲリラはますます図に乗って、こちらを甘く見るじゃないか」

あとで川辺軍曹が憤慨した。

「応射しなかったなんてひどいですよ。自分たちは、トラックが急停車しても降りずに射ち返したんです。中隊長どのもあの軍医も、すぐとび降りたから聞こえなかったんでしょう」

突然の襲撃に面くらって、部下の射撃も耳に入らぬとは、なんたる未熟さか、と中尉はますます恥じ入った。初陣にはありがちな失敗である。とっさの場合、冷静な観察と的確な判断、行動ができるためには、いろんな戦場体験が必要である。この失敗は中尉を恥じ入らせたが、空襲だけはうまく躱《かわ》したことを思って、若干、自信を取りもどした。

ボボナンには十八時に着いた。しかし、急迫した事態は休息を許さなかった。無謀とは思ったが、中尉は午前三時、稲泉実行少尉の第二小隊の一部と永田時男准尉の第四小隊の一部、計三十名と資材とをトラックに満載して、ふたたび南下した。一月九日、いよいよ敵が予告した上陸日である（落合隊のトラックがウルダネタに入ったころ、幸運にもカルメン橋北詰めの立往生から救出された筆者は、ウルダネタから北東アシンガンをとおって、サンマヌエルに入ろうとしていた）。

戦闘はじまる

敵の上陸日とて、ゲリラは昨日までにもまして活発化していた。トラックがウルダネタ西方一キロまできたとき、突然、路傍から一斉射撃をうけた。一本一本の電柱のかげから、ゲリラが銃をつき出して射ってくる。たちまち数名の負傷者が出た。落合中尉も軽傷をうけた。応戦しながらここを突破し、ラビットプロパーの川の木橋の近くにある林にトラックと負傷兵を隠し、夜明けとともにカバルアン丘に飛びこんだ。

昨日の協定に従って、中尉は水篠裕軍曹の指揮する数名を、カタブランの和田野砲隊の陣地の強化のために派遣した。残りの部下には支隊の陣地構築作業と、やがて到着する中隊主力の受け入れのための陣地配備を準備することを命令した。

大盛支隊本部に打ち合わせに行くと、支隊長は副官や中隊長たちと相談していた。一人の将校が憤慨して言っていた。

「この重要拠点を見にもこない。くれば、この地形では一時的な阻止しかできないことがよくわかるはずだ。司令部は、歩六十四のような高地があると誤認しているんだろう」

落合中尉が入って行くと、大盛大尉はカバルアン丘の地図から顔を上げていった。

「ここの戦闘はむずかしいよ。なにしろ、死んではいかん、退ってもいかんといわれているんだからなァ」

落合中尉は、師団が最近支隊に与えた指示を知らなかったので、この言葉の意味を理解しかねていた。支隊長の言うとおりならば、それは、一時的遅滞を目的とする前進陣地の守り方をこえている。撤退を許さないというのは、死守せよ、という意味なのか。

数日後、落合中尉にも連隊から、血気にはやって陣前出撃など行なわず、持久するようにとの指示がきて、中尉は、この陣地がやはり単なる前進陣地以上のものであることを知り、前の将校の言葉が、あきらかに無理な師団命令に対する反発であったことを理解した。

その夕方、落合中尉が、後送される三名の負傷兵、下士官二名、軽機関銃手一名、伝令一名、衛生兵一名からなる指揮班の一部をトラックに乗せて、ふたたびボボナンの連隊本部に引き返す準備をしていると、大盛支隊から一人の年輩の将校がやってきた。

「敵はやはり予定どおり上陸を開始しました」と、彼は教えてくれた。

「そうですか。とうとうきましたか」と中尉も緊張して言った。

「そう」とこの老将校（第五中隊室屋少尉?）はうなずいて、「とうとうやってきました」と、あたかも自分にいい聞かせているように言い、支隊へ帰っていった。この人はこの人なりに覚悟を決めようとしているのだな、と中尉は思った。

この時、すさまじい爆音とともに、彼らの頭上数メートルのところをおおきな影がかすめた。驚いて見上げると、味方の双発機が二機、あきらかにリンガエン湾に蝟集する敵艦船に体当たり攻撃をかけるため、激しい対空射撃の曳光弾が夕空に交錯する真っ只中へと消えていった。

（註）公刊戦史『捷号陸軍航空作戦』によれば、この日の特攻は少数であったが、クラーク基地から一誠隊の臼井秀夫少尉ほか一機の双発、二式復座戦闘機が出撃した。落合隊が見たのはこれである。

中尉はその直後、カバルアン丘をとび出した。トラックの運転兵は、朝の襲撃で右眼を失明するほどの重傷を負っていたが、他に運転のできる者は中隊長以外にはいないので、健気にハンドルを握っていた。いまや、3号線はきわめて危険だった。中尉は、絶えず軽機と小銃で威嚇射撃をさせながら街道を驀進したが、運転手の苦しそうな様子を見るにしのびず、代わって運転したが、今朝の負傷で左腕が動かず、片手では大きなトラックはとうてい無理だった。

「やっぱり自分がやります」と言うこの負傷兵に、ふたたび代わってもらう。

十九時、無事ボボナンに着いた。負傷兵はおなじトラックで、そのままバギオの陸軍病院に送り届けた。中隊主力は、すでに資材、弾薬、食糧などの準備を終わり、集結も完了していた。いよいよ出発である。連隊本部に挨拶に行く。中尉は、負傷のため口が腫れて腕同様に動かなかったが、軍医に見せると、この程度なら十日もたてば治ると保証してくれた。

「ご苦労」と水野連隊長は言った。

「しかし、血気にはやって生命を粗末にするでないぞ。くれぐれも自重するんだよ」

連隊長も中隊長も、このときはカバルアン丘への派遣が短期のものとばかり思っていたので、任務終了時期についての打ち合わせも行なわず、ともに軽い気持ちで別れたのだった。


一月九日、アメリカ第六軍はその一部、第一軍団を、わが方面軍の予想どおり、リンガエン湾北東岸のサンファビアン地区に揚陸を開始した。ここに上陸したのは第六、第四十三歩兵師団と、第六軍予備の第二十五歩兵師団、あわせて十万にちかい大兵力であった。そのうえ敵は、わが方が予想もしなかった湾の西岸リンガエン、ダグパン地区に、さらに第三十七、四十師団からなる第十四軍団を揚陸していた。

アメリカ軍は、ただちにビーチヘッド（海岸頭堡と訳するのがほんとうだが、慣用上橋頭堡という語を使う）をつくり上陸地点を固めたが、第三十七師の第百二十九歩兵連隊戦闘団（Regimental Combat Team 約四千名）は威力偵察の任務を帯びて、リンガエン平地を南下した。

当然その進行は、無人の境を行くごとくであった。九日のうちに、はやくもダグパンの南五キロのカラシアオに達した。翌十日には、四台の装甲車で攻撃してきた日本軍の久保田支隊の一個小隊を苦もなく制圧して、さらに十キロ南進し、カバルアン丘の北西わずか六キロのマラシキの町に入った。

この町は当時、ゲリラの巣窟であり、当然、アメリカ兵は彼らの歓迎を受けた。大盛支隊の陣地構築が、ようやく緒についたばかりのとき、敵はすでに目と鼻の間に迫っていたのである。幸いこの第百二十九歩兵連隊は、南進してマニラに向かう任務の師団に属していたため、この丘には攻撃してこなかった。

この連隊がさらに南下しようとしたとき、こんどは町の南側から日本軍の機関銃、小銃の激しい射撃に歓迎された。この日本軍は、大盛支隊から海岸警戒隊として分遣されていて、アメリカ軍の上陸とともに、逐次撤退してカバルアン丘に復帰する途中であった第七中隊の原田小隊（原田静少尉、復帰後戦死）であった。勿論、この抵抗は擾乱行動に過ぎなかったが、アメリカ軍のほうでは、日本軍の配置も充分にわかっていない現在、一個連隊のみで南進するという危険はおかさず、翌十一日はマラシキの町を防守するにとどまった。しかし、この方面の敵の進出は、完全に方面軍の虚を衝いたものであった。

北に上陸した第一軍団は、そのようにはうまく進めなかった。北の山地からは、盟兵団の十五サンチ、二十サンチ、三十サンチという重砲の巨弾が轟音とともに飛来するし、上陸地東方の丘陵群からは、吉富野砲連隊の十サンチ榴弾砲がアメリカ軍を襲った。マナオアグ北方の高地群には、中島正清中佐の第六十四連隊が前進陣地を構え、時にはサンファビアン、アラカンの橋頭堡にまで挺身斬り込みを行なっていた。しかし、方面軍が旭兵団の抵抗線の最右翼の拠点としていたビンダイは、敵第百六十九歩兵連隊により、上陸日にはやくも奪われていた。

重見戦車旅団の展開

このころ、有力なわが機甲部隊が、国道3号線の東サンマヌエル、国道上のビナロナン方面に進出しつつあった。これは、方面軍が旭兵団の前線を強化するため、戦車第二師団（撃兵団）に分遣を命じた重見伊三雄少将の指揮する戦車第三旅団であった。

「重見支隊」と呼ばれたこの旅団は、九日にカバナツアンを発ち、十一日にはサンマヌエルに到着したが、その先遣隊はすでにビナロナンにあって、陣地構築、地形の偵察、橋梁の破壊などを行なっていた。

筆者は、九日早朝サンマヌエルに入ったが、町の入口に架けられた木橋が炎上しているのを見た。これは先遣隊の軽戦車中隊（赤壁茂中尉・五十六期）が放火したものだったと戦後教えられたが、筆者たちは、これをゲリラの仕業と思ってひどく緊張したものだった。

サンマヌエルには、以前ここに駐在した戦車第七連隊によってすでにいくつかの戦車壕がつくられていた。これらの壕は、戦車を空爆から保護するという本来の目的から、のちには、機動戦ができなくなると、戦車をこの中に埋め、砲塔だけを地上に出してトーチカとして使用するという、従来の戦車戦闘の概念の中にない発想によって使用されることになる。

支隊の兵力は約千名で、左の編成であった。

戦車第三旅団司令部　重見伊三雄少将
戦車第七連隊　前田　孝夫中佐
機動歩兵第二連隊第一大隊（欠員）　板持　竹芳少佐

機動砲兵第二連隊第三大隊（欠員）　　　長尾　泰三少佐
工兵、整備隊各一個中隊
輜重兵一個小隊
装備としては六十輛の戦車、七十五ミリ山砲および百五ミリ榴弾砲計十五門、若干の四十七ミリ速射砲、および多数の機関銃を持つ強力な戦闘団であった。
この支隊は、旭兵団に配属された。方面軍も旭兵団も、この戦車旅団に大きい期待を寄せていた。山下大将は、この旅団がはなばなしい機動戦を行なって反撃してくれるものと喜んでいたし、旭兵団は、その脆弱《ぜいじゃく》な第一線がこの支隊によって強力に補強されるものと信じていた。
ところが、重見少将は、方面軍や旭兵団とは全く意見を異にしていた。彼の意見では、方面軍も師団も、戦車戦闘に関しては大東亜戦初期の考え方から一歩も出ていないものであった。なるほど、戦車第七連隊はバターン戦に出陣しておおいに活躍した。しかしあの時は、もっとも大切な制空権がこちらにあったし、敵には戦車がなかった。いまは事情が全く逆である。
敵の絶対的な制空権の下で、しかもわが戦車隊の位置や動きがことごとくゲリラによってアメリカ軍に通報されるものと思われるこの地域では、戦車は動けない。この悪条件の下に、敵のM4シャーマン戦車に比して性能も装甲も火力も情けないほど劣ったわが九七式中戦車を機動出撃させるのは、全くの自殺行為としか考えられなかった。彼はまた、大盛支隊との協動についても、「性格が異なる」という理由でこれを肯定しなかった（これはいささか薄弱な理由である）。

しかし、重見少将は、やむなくその支隊をビナロナンとウルダネタに配置した。ビナロナンには歩兵一個中隊、中型戦車十四輌、若干の七五ミリ山砲を置き、第五中隊長伊藤栄雄少佐にこれを指揮させた。ウルダネタ部隊はより強力で、前田連隊長自らが実光第三戦車中隊、永淵（代理赤壁）軽戦車中隊、歩兵一個中隊、砲兵一個中隊、工兵一個小隊を率いて、完全な遮蔽の下に待機していた。この時点では、重見少将の悲観論を知らない将兵は意気軒昂、負けるなどとは思っていなかった。

こうした緊迫の中を、百六十名の部下とともに戦闘体形をとって南下した落合中尉は、十日未明ウルダネタに着いた。すでに昼間の行動はできなかった。夜明けとともにP-38数機が飛来して、町を銃撃しはじめた。この町が強力に守られていることは、ゲリラの通報でアメリカ軍に知られていたらしい。十字路付近に潜伏して、落合中隊の将兵は、この双発双胴の戦闘爆撃機の威力の凄さに身を縮めていた。十三ミリ機関砲の薬莢が、彼らの頭上にバラバラと落下した。

ここで落合中尉は、戦車隊の一人の若い少尉に怒鳴られた。非常に気負った青年で、相手が工兵とみて威丈高《いたけだか》に上級将校である落合中尉に怒鳴りつけ、敵がくればどうするかなどと教育的質問まで行なった。落合中尉も若かったが、さすがにこの少尉の稚《ち》気《き》と衒気《げんき》には苦笑させられた。

中隊は夕方ふたたび出発した。そして、十一日の未明にカバルアンに入った。この途中でもゲリラの狙撃をうけて、一名の負傷者を出していた。ウルダネタから丘までわずか六キロほどの距離を、ひと晩かかって通過するなどは、平時の常識からは考えられないことである。

中隊は、先遣していた稲泉、永田両小隊長の作業計画により、ただちに支隊の主要部位の陣地構築に分散して取りかかり、一部はあらかじめ支隊長から指示されていたとおりに、支隊陣地の北東部に自己の陣地をつくりはじめた。

大盛支隊長は、最初この丘にきたとき立てた計画のとおり、丘の北西部に複廓陣地を設けようとしていた。彼は、工兵中隊にはその複廓の北東部を保護させ、事情によっては支隊の予備として主戦闘場に増援させることを考えていた。彼は、この現役の工兵中隊が、いざとなれば補充兵の多い歩兵中隊などよりも、はるかに頼むに足る戦

71　重見戦車旅団の展開

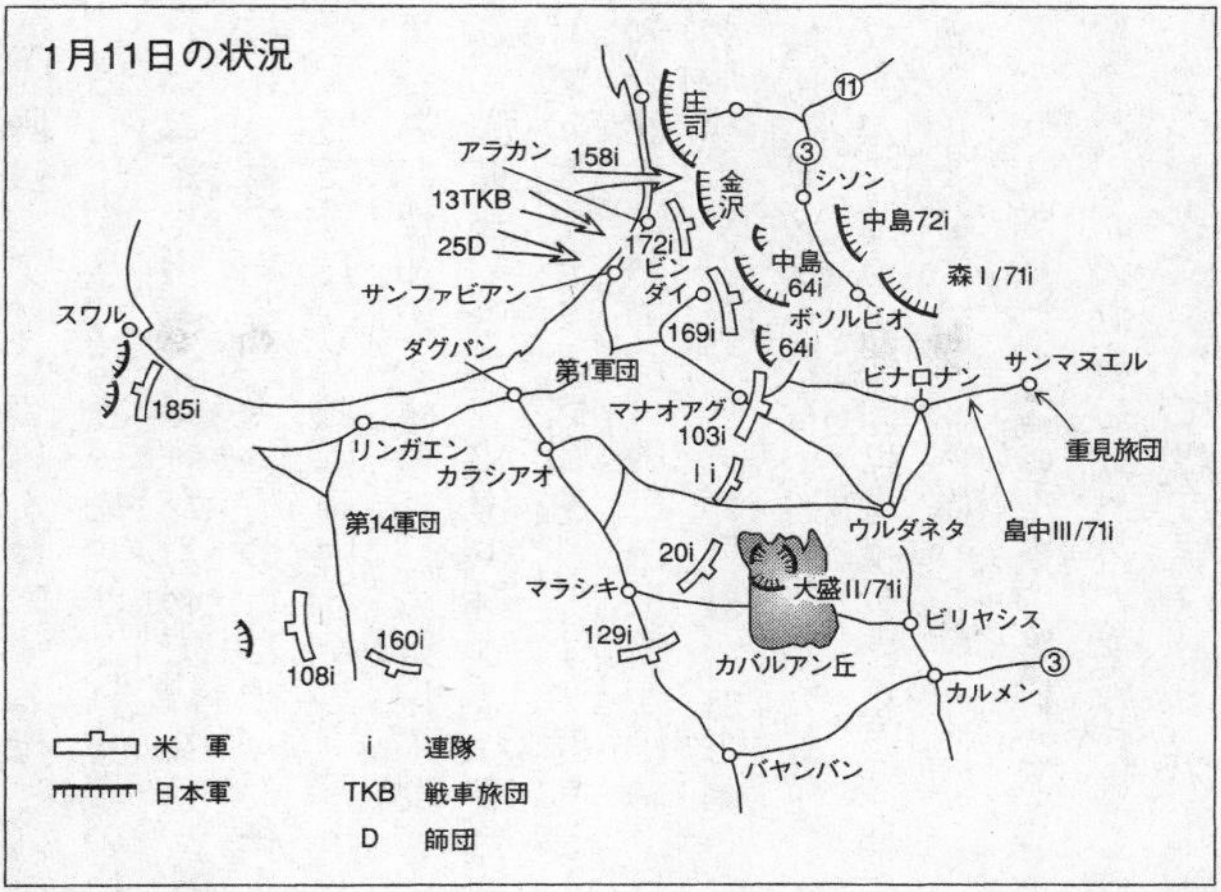

闘部隊に変わることができることを知っていた。

工兵たちはふたたび不眠不休で作業をつづけた。直径十五ないし二十センチの椰子の丸太が壕の上に並べられ、その上に二十～三十センチの厚さに土が置かれて踏み固められた。これが、短期間につくることのできる最良のものであった。勿論、野戦重砲の榴弾や戦車砲の徹甲弾をくらえばひとたまりもないが、小銃や機銃弾、迫撃砲弾や手榴弾などにはビクともしない。野砲弾でも、瞬発信管や短延期信管のついたものなら、まず大丈夫、耐えることができる。

こうして急造された陣地だったが、さすがに専門の工兵の仕事だけあって、すこぶる堅牢にできていたので、これに拠った大盛支隊は、アメリカ軍も驚嘆するほどの抵抗を行なうことができた。この丘に生えている竹は中空ではないので、これも壕の掩蓋に最適だった。この国の竹は、日本のそれのごとく繊細、優雅なものではなく、株の大きさは直径二メートルにもおよび、小枝には棘《とげ》のある、太いものは二十センチをこえるという原始的な植物であった。

大盛支隊長の予測は適中した。一月十一日、ダグパン道のカタブラン集落の路傍に遮蔽された和田小隊の二門の野砲の前に、道路正面の森陰から二輌のM４戦車が現われて直進してきた。和田少尉はこれを充分引きつけて、目の前まできたとき、零距離射撃で七十五ミリ砲弾を一発ずつ射ちこんだ。M４は二輌とも身震いして停止し、黒煙を吐きはじめた。戦車の天蓋がはね上げられて、生き残ったアメリカ兵が一人二人と飛び出すのを、味方の軽機が射ち倒した。砲兵たちは歓声をあげた。わが中戦車の砲にはビクともしないM４の厚い装甲も、さすがに射程一万二千、初速は当時最高で、貫徹力が強く、砲口には反動防止と消煙の装置のついた九〇式野砲の弾丸にはひとたまりもなかった。

大盛支隊長は、この二門の野砲をそうそうに森の主陣地内に撤退させた。いったん敵がわが砲の位置を知れば、必ず猛烈な砲爆でこれを潰そうとするだろうからである。

この損害については、アメリカ軍戦史は公表していない。しかし、このころには敵は、カバルアン丘が強力に守られていることに気づきはじめていて、丘の周辺にはアメリカ軍の斥候やゲリラが出没するのがよく見られた。

丘の外縁にあるカバルアン、ラビット、オンサドなどの集落の住民は、アメリカ軍の指示に従って集落を出て、田圃の中に仮小屋を建てて疎開していた。夜ともなれば、これらの小屋から洩れる椰子油の灯火が、なにかこの世のものではないかのごとくチラチラと妖しく輝いた。住民が集落に残した山羊や鶏は、日本兵の食糧となった。

砲兵を撤退させたあと、落合隊の水篠分隊は、協定どおりに、例のコンクリートの小橋と、カバルアンの入口の木橋を破壊した。この爆破は、小橋付近の断崖と相まって、敵の機甲部隊の進出阻止に相当な効果をもったとみえて、敵戦車がウルダネタに進撃してきたのは一週間後であった。

ところが、翌十二日、野砲の撤収後も警戒隊として残して置いた比嘉小隊の方角に、激しい銃砲声が起こりはじめた。それは、あまり長い時間ではなかった。そして急にその音がやんだので、大盛支隊長が不審に思っていると、夕方、数名の比嘉小隊の兵が、悲惨な姿で本隊に帰ってきた。銃も持たずに泥と血でまみれている。

「小隊は全滅、比嘉小隊長殿も戦死されました」

と、一人の下士官が涙を流して報告した。

「敵は、昨日、戦車をやられたので、こちらの砲を潰すためでしょう、カタブランの集落に物凄い砲撃を加えはじめました。迫撃砲です。何十発くらったか数え切れないほどでした。その炸裂の煙が立ちこめて、周囲がぼんやりとしか見えなくなっている間に、ゲリラに案内されたアメリカ兵が小隊をすっかり囲んでいたのです。砲撃がやむと、奴らはいっせいに四方から小隊の陣地に突っ込んできて、味方は一方的にやられてしまいました。残念です」

大盛支隊長は暗然とした。フィリピンにきて最初の戦闘の犠牲は、あまりにも大きかった。野砲を撤去していたのがせめてもの幸いだったが、今後わが砲に対する敵の攻撃の激しさも想像され、この戦闘のむずかしさがますます痛感された。

この日から敵は丘に対して要地砲撃を開始したが、あまり激しいものではなく、味方にも損害は出なかった。しかし十四日になると、丘は全域にわたって砲撃をうけはじめた。反撃しようにも、敵の歩兵は近くにはいない。将兵はただ壕の中にひそんで待つよりほかはなく、これは辛いことだった。

この日、ビナロナンの伊藤中隊から特派されてウルダネタから西方へ出撃しようとした四輌の戦車があった。指揮班長の橋詰忠中尉が、これを指揮していた。この隊は、西進しようとして、カタブランの入口の爆破された橋の手前で停頓させられた。やむなく、四輌の戦車は、その場所から砲の仰角を上げ、射程を最大にして、敵のサンフアビアン橋頭堡の方角へ数十発の擾乱射撃を行なったのち、ウルダネタの十字路付近に引き揚げた。戦車の短い砲身から出た弾丸は、敵橋頭堡には届くはずもなかったが、おそらくカバルアン丘攻撃部隊の夜間配置内に炸裂したものだろう。その直後、猛烈な返射がカバルアン丘を襲った。

「ざまァ見ろ。見当違いを射ってやがる」と橋詰隊は快哉を叫んだ。しかし橋詰中尉は、この丘に同期の友人落合中尉のいることは勿論、大盛支隊が陣地を占領していることも、重見支隊と大盛支隊との戦術上の関係についても、少しも知らされていなかった。

その返射弾が激しく落下し炸裂する森の中にいて落合中尉は、落ち着かなかった。彼は悩んでいた。もともとこの丘に派遣されたのは、支隊の陣地構築支援のためで、増援兵力としてではない。また、この中隊は支隊に配属されたのではなく、依然、工兵連隊長の指揮下にあった。だから、間断のない砲撃の下にあって、もはや作業の続行ができなくなった現在、必ずしもこの丘に止まる必要も義務もなかった。それかといって、命令なくして勝手にここを去ることは許されない。

落合工兵隊の撤退

敵がいまにもこの丘に侵入しようとしている現在、命令を待ってぐずついていては、撤退は永久に不可能となる。しかも、その命令を出す連隊では、この前線の切迫した状況はわかっていない。従って、教えてやることが必要である。そうすれば、彼らはこの中隊の処置について、なんらかの手を打ってくるはずである。このままで推移すれば、緒戦早々、このような無意味としか思われない陣地で、工兵の本領も発揮できないうちに、二百余の貴重な部下とともに滅びることは必定である。彼にはそれが残念でならなかった。

ところが一方、彼は、撤退命令を暗示するような意見具申にも簡単に踏み切れない、もう一つの重大な理由を意識していた。それは、工兵第二十三連隊第二中隊に歴史的に課せられた宿命ともいうべき重圧であった。これを説明するためには、話を昭和十四年のノモンハン事件の当時にもどさねばならない。

昭和十四年八月、ノモンハンにおけるソ連軍に対する主戦闘部隊である第二十三師団の第一線最右翼の支撑点《しとうてん》としてフイ高地に配置されていたのが、第二十三師団捜索隊長・井置栄一中佐を長とする井置支隊であった。支隊といっても、それは全くの寄り合い世帯で、捜索隊（乗馬、重装甲各一中隊）、歩二十六の二個中隊、歩二十五速射砲、歩二十七連隊砲各一個中隊、野砲兵第十三連隊第四中隊と工兵第二十三連隊第二中隊よりなり、総員七百五十九名、装備は軽機関銃二十七、重機関銃二、高射機関銃五、速射砲三、連隊砲四、軽砲五、残りは三八式歩兵銃という貧弱さであった。

これに対し、八月二十日にはじまって、狙撃一個連隊、戦車旅団、装甲自動車旅団、速射砲大隊、榴弾砲大隊、外蒙騎兵師団からなるソ蒙軍が攻撃してきた。敵歩兵の持つ自動小銃を除いても、自動火器はわが二十倍、火砲もわが二十倍という圧倒的に優勢な敵に井置支隊は押しまくられ、二十四日にはわが陣地は敵に蹂躙《じゅうりん》されるにいたった。二十五日にはわが損害は全員の半数をこえ、捜索隊のごときは二百五十四名のうち六十八名を残すのみとなった。

すでに支隊の戦力が破断界（極限）に達したとみた井置支隊長は、死守命令の主旨にそい自決をしようとしたが諫止され、二十五日、陣地を撤して師団司令部の位置まで後退した。

その経緯については省略するが、果然この無断撤退は問題となった。一つには、その状況が果たして破断界に達していたかであるが、当時の作戦参謀辻政信少佐は、一片の同情をも示さなかった。さらに悪いことには、撤退したこの部隊は、引きつづき本戦に参加し他で敵と戦うことをしなかった。その結果、井置中佐および歩兵砲中隊長は自決を強要され、また、支隊主力が撤退する前にすでに退いていた工兵第二中隊長は、軍法会議の結果、官位剥奪の処分を受けたのであった。

工兵第二十三連隊は、その後、過剰なほどこの汚名を意識した。落合士官候補生が入隊したこの連隊では、機会あるごとに、フイ高地の井置支隊の無断撤退についての詳細な戦例の教訓指導が行なわれた。なんとしてもこの汚名をそそぐことがこの工兵連隊の目標であり、そのための精神教育は激しいものであった。

やがて陸軍士官学校に入学、そして卒業した落合中尉は、ふたたび原隊である工兵第二十三連隊に復帰し、奇しくも問題の第二中隊の第四代中隊長に任命されだ。彼の頭には、フイ高地の戦訓がこびりついていた。自分の中隊は絶対にあの失敗を繰り返してはならない、と彼はいつも自分に言い聞かせていた。

ところが、彼は緒戦早々、このカバルアン丘で孤立して大敵の攻撃にさらされはじめている大盛支隊の中にあって、六年前のフイ高地と全く酷似した戦況に置かれている自分を見出して、思わず慄然としていた。ひとごとではなくなっている。いまや現実に、他から指弾を受けない行動をとることが、彼に要求されているのであった。これが、彼が撤退暗示に踏み切れない第二の重大な理由なのであった。

しかも、彼の近くには、撤退を考えることすら許されず、寡兵をもって大敵を迎えようとしている大盛支隊の将兵がいた。この人たちを見捨てて、生に就こうと考えてよいものだろうか。勿論、彼らとともに戦い、死ぬことがもっともすっきりした道であると言うことができる。しかし、それは簡単に決定できることではなかった。生に就くか、死に赴くか。これはハムレットではない。多数の人々の心と生死にかかわる現実の問題であり、客観的には、旭兵団の工兵用法に関する重大問題ともなる。兵団が満足な形で持っている工兵はこの中隊だけである。

意見具申とは、要するに撤退の要請である。これを行なうか、それとも玉砕を決意するか、この決断は明朝までになされないと、永遠に時機を失うことになる。それを、二十一歳の青年中隊長が下さねばならないのであった。

彼は、部下将校の意見を聞いた上で結論を出したいと思った。中隊の幹部将校を集合させて、彼はこの二者択一について忌憚《きたん》のない意見を求めた。しかし、彼らは一様に困惑の表情をうかべて黙ってしまい、誰一人明瞭に意見を述べてくれる者がいない。さもあろう。

「早く連隊に帰りましょう」と言い出すには勇気がいる。「ここで支隊とともに玉砕しましょう」と言うには、より大きい勇気と決断が必要である。即答できることではなかった。

「隊長にお任せしよう。どんな結論になろうともわれわれは従います。どうだ皆は?」と、一人が言った。他の将校も無言でうなずいた。

指揮官として自分に課せられたこの責任の重さと、長としての孤独感が、独り壕の中にうずくまって考える彼を圧倒した。考えるといっても、それは論理的な思考ではなかった。撤退を正当化しようとするなら、いたってやさしいことである。しかし、彼が求めているのは、そのようなものではなかった。如何にすれば、自分を納得せしめる結論を出し、悔いの残らない行動をとることができるか。如何にして最悪を承認するか、換言すれば、撤退を否定して、如何にしてこの丘で主体性をもって戦い死ぬことができるのか。如何にすれば、この工兵第二中隊を恥の上塗りから救い、名誉ある結末を得させることができるのか。当然、彼は悩み、迷い、そして強い決断力を自分に与えてくれることを、神に祈りさえした。

二十一歳の若さで死ぬのか。もとより、自ら求めて軍人たるべく進んできた道である以上、どこで戦死しようと致し方のないことである。それにしても、あまりにも呆気ない終わり方ではないか。彼の二百余名の部下を、この若さで死に投じることを思っても耐え難かった。

人間であることの悩みが、彼の思考を揺り動かした。彼のまぶたに、去る一月四日、海岸地帯の橋梁の爆破を行なっていたとき、ダグパンの五キロ南のカラシアオの町で会った美しい娘の顔が浮かぶ。束の間の出会い、それも言葉も充分通じない対談だったが、それは、きまじめ一方でとおしてきた彼が、生まれてはじめていだいたほのかな慕情だった。最初にして最後の恋。ああ、これも一場の夢にすぎないのか。

月の光が、壕の中までさし込んでいた。夜半、ようやく顔を上げた彼の心はきまっていた。遅かれ早かれ、自分も部下も戦場で果てる身である。とすれば、一時の生を望んで悔いを残すことは、武人として執るべき道ではない。義の赴くところに従うべきである。フイ高地と酷似したこの戦況の中にあって、中隊は、日ごろの全師団、全連隊の期待にそい、汚名をそそぐため、こんどこそは、大盛支隊とともに最後の一兵まで戦うことである。それでよいか？　彼は、いく度もそれを自分に尋ねた。そして、自分の決意のゆるがないことを知って安堵した。生死は天が定めるところである。自分はただ、ひたすらに戦えばよいのである。

長い苦悩ののちに、この決定に達した彼であったが、ただ一つ心残りなのは、こうして死んで行く者の心が、なにひとつ伝えられないままに終わることであった。喜んで死ぬ者は誰もいない。誰も、親もあり子供もあり、恋人も妻もいる。皆なにかの悩みや悲しみを背負って死んで行くのである。ここになにかを書き遺すことは、彼一人の見栄ではなく、この丘のすべての将兵の気持ちの代弁ともなろう。こう思った彼はノートを取り出し、月明かりを頼りに書きはじめた。

「ココナル戦闘ハ前進陣地ナラザル故ニ、戦略的ハオロカ戦術的ニスラ無価値ニ等シク空シキ所為ナリ。然レドモ、何時ノ日ニカ、何人カガ、コノ戦ヒ振リヲ想ヒ起スコトモアラムカ、ソヲ切ニ願フモノナリ。タトヘ個々ノ名ハ知ラレズトモ、我等全力ヲフリカザシ敢闘セシヲ、寡兵ヨク大軍ニ見事ナル戦ヲ挑ミ、遂ニコノ丘ニ埋モレシヲ。凡ソ戦史ニトドメラルルナク、カツマタ戦局挽回ノ一臂ノ力トサヘナラザリシモ、タダヒタスラニ精魂ヲ傾注セシヲ。我等ノ真心ガ後ノ人達ノ脳裡ニトドマルヲ信ジツツ、イマココニ散リ果テムトス……」

青年将校らしく、文語体で彼はこの遺書を記した。防諜上、編成表は残せなかったが、中隊全員の名簿をそえて、彼はこれを壕の中に置いた。彼は、この遺書が彼らの死後敵に見出され、そしていつかは日本の内地にも伝えられることを秘かに期待した。彼は、自分のこの心境が彼一人のものではなく、この丘で戦うすべての将兵の心であることを知っていた。

「おいどんたちがここで頑張ったこちゃ、誰かが知ってくれもんどだい」と兵の一人がいうのを聞いて、彼は感動していた。自分の死が不可避と悟ったとき、せめてそれに、なにかの意義を見出したいと思うのは、人間として当然の願いである。「天皇陛下万歳」「東洋平和のため」、これもみな、その願いの精いっぱいの表現ではないか。そして、カバルアン丘の兵隊も、より素朴な言葉で、わずかにその気持ちをのぞかせながら死に赴こうとしている。彼らの気持ちは、なんとしても伝えたいと中尉は思ったのだった。

彼は、その未明に行なう定時通信に付加して、左の電文を暗号で連隊に送った。それは、最初考えていた意見具申ではなく、訣別の言葉となっていた。

「陣地ハ包囲サレ砲撃ヲ受ク。ソノ維持ハ旬日ト判断サル。中隊ハ任務ノ主旨ニ基キ支隊ト共ニ死守シ玉砕セントス。無電機ハ随時破壊スルヲ許サレタシ」

それは二十一歳の青年の行なった実にみごとな決定であった。しかしながらこの電文には、単に訣別の意のみならず、他にいくつかの意味が含まれている。

その一つは、この電報が、この丘における工兵隊の去就に関し、これを撤退させるも、とどまって支隊とともに戦わせるも、その決定はいまを措いて他にないことを、彼の上司である工兵連隊長に教えていることである。中尉としては、すでに覚悟はできていた。戦えというのなら立派に戦ってみせる。しかし、師団が、この工兵中隊を必要とする故に退れというのならば、あえて抗する必要はない。こんご、この工兵戦力をフルに発揮して戦うまでである。

第二には、果たして中尉が意識していたかどうかはわからないが、この電文には、かかる脆弱な陣地に寡兵を送り、持久を命じ、全滅するのを座視しようとする上層部への抗議が含まれている。

大盛大尉も、兵団から持久抵抗を命じられた時点から、その無理を痛感していた。いまのままでは、敵の一方的砲爆の下に、反撃もできぬままに部隊が急速に弱化するのは目にみえている。彼は、座して死を待つよりも、潔く出撃して暴れ回ったうえで死にたいと思っていた。

当時の旭兵団作戦参謀の高橋政一中佐は、工兵連隊の副官網屋喜一大尉に、

「大盛が出撃して玉砕してしまいそうなので、それは許さない、頑張ることに意義があるんだと言ってやった」

と語っている。

大盛大尉も当時は二十四、五歳の若さだった。だから、「玉砕はいけない。長期持久するうちに全滅するのはやむをえない」とでもいうような指導は、まことに心外だった。こんな戦闘訓練は、いままで受けたことがなかった。落合中尉が、師団の指令にもかかわらず、「玉砕する」と打電したのも、こうした無理で不可解な作戦指導に

対して報いた一矢であった。

さすがに、中尉の電報に対しては工兵連隊長は即座の決定はできなかったらしく、落合中尉はただちに、

「要請ヲ保留ス。夕刻ノ定時通信ニ於テ指示ス」

との返電を受け取った。

連隊本部では、落合電報により事態の意外の悪化に驚愕していた。水野連隊長は、その三個中隊のうち、海没をまぬがれた唯一の健全な中隊をも失おうとしていることを知った。これは、なんとしても救出しなければならないと彼は思った。しかし、落合中隊の派遣は師団の意向によったものである以上、師団の了解をえないで独断でこれを引き揚げさせることはできなかった。

そこで彼は、この中隊の前任中隊長であり、師団創設以来の将校として司令部、とくに参謀部との関係も深く、その発言が重視される地位にあった副官の網屋喜一大尉を司令部に派遣して、落合中隊の撤退を要請せしめた。連隊長は、着任後ようやく半年の自分よりも、網屋大尉のほうが、工兵の用法について効果的な意見具申をすることができると思ったのである。

「ところがこれが、大変な仕事でした」と、網屋氏は当時を思い出して筆者に語った。

大尉の直接の交渉相手は、ハイラル時代から昵懇《じっこん》の間柄である高橋参謀だった。しかし、平素は物わかりのよいこの参謀も、落合隊の撤退となると、頑として首を縦に振らなかった。

「いいか、網屋君、大盛支隊はただでさえ弱体なのだ。そこから、いったん戦闘となれば歩兵同様に役立つこの二百名を引き抜いて、どうして効果ある抵抗ができると思うかね。まだ撤退を考える時機ではない。工兵連隊の要請は容れるわけにはいかん」

「落合中隊の派遣は、大盛支隊への協力であって、増援としてではないはずです」

と網屋大尉は懸命にくいさがった。

彼は、満州時代から手塩にかけて育成したこの強力な工兵隊を、緒戦早々あのようなところで、なんの意義もあるとも思えない戦闘の犠牲にしてなるものかと思った。それに、司令部も情報の逼迫については充分にわかっていないらしい。このまま放置すれば、永久に撤退の時機を逸することは明白である。なんとしても、いま撤退を認めさせないと、連隊長が自分においた信任にも背くことになる。子供の使いではないのだ。

「師団は、工兵連隊をどうみているのですか。まあ連隊の現状をみて下さい。この中隊だけが、たった一つ残った無疵の中隊です。なるほど他の中隊も目下再建中です。

しかし、補充されてきた連中をみても、将校は歩兵だったり、兵隊は輜重兵だったりで、こんなのは数だけいくら揃っても工兵じゃありません。いま、手を打っていただかないと、落合中隊は玉砕してしまいます。この中隊の喪失は、師団の工兵戦力の消滅を意味します。大盛支隊の強化なら他にも方法はあるはずです。参謀殿、どうかこの中隊を還して下さい。そしてこんご、工兵として最も有効に戦闘のできる場で使って下さい」

こういうやり取りがしばらくつづいたが、ついに網屋大尉の誠意ある説得が勝った。

「よし、わかった。君には負けたよ」と参謀は笑った。「早速帰って命令を伝え給え。師団長、参謀長には私から話しておく」

かくして十六時、連隊長から落合中隊に、撤退して原隊に復帰せよ、との命令が打電された。

落合中尉は、すでに髪を刈り、清潔な下着に着換えて死を迎える用意をしていた。そこへ、電報を受信した指揮班長・谷吉誠蔵曹長が、「隊長どの、これで帰れることになりました」と、目を輝かして電文を手渡した。

死の決意から生還の可能性への百八十度の転換は、心を複雑に動かす。こうなれば、生への執着がいっそう強く自己を主張しはじめる。人間としてとうぜんの感情である。

しかし、あれほどひたむきに思いつめ、死と対決した直後、このように生の喜びに浸っている自分を中尉は恥じた。大盛支隊には、なんとも相済まない気持ちでいっぱいだった。しかし、残される支隊の将兵に報いるためにも、こんごの戦いを立派に戦い抜くことが自分の義務だと思い、また、遅かれ早かれ自分たちも支隊のあとを追うのだと思うと、やや気持ちが軽くなるのを覚えた。

各小隊長も指揮班の兵も、口には出さないが、ホッとした気持ちでいることがその態度で察せられた。しかし、彼らは声を上げて喜ぶことができない。すぐそばに、死を宣告されたにひとしい数百の兵がいる。彼らの顔はまともに見られない。

落合中尉にとっても、この撤退命令を無条件で喜ぶことができない理由があった。この切迫した困難な状況の下で、どうすれば、中隊を脱出、復帰させることができるのかという新しい難問題が課せられたからである。

中尉は、とりあえず、大盛支隊本部にこの命令を報告することを谷吉曹長に命令した。曹長が田川という上等兵を連れて本部に行くと、副官の中尉がいた。曹長から工兵隊の撤退を知らされた中尉は驚愕した。

「なにッ！　本当か、それは！」

彼の声は震えていた。その蒼白な顔は、たちまち怒りの表情に変わった。

「畜生！　こんな陣地で見殺しにするというんだな。なんという……。俺たちもこれで最後か」

彼の声がかすれ、涙が頬を伝わった。

谷吉曹長も田川上等兵も、中尉のこの悲憤を正視できなかった。二人は、支隊本部に連絡下士官として派遣されていた水篠軍曹を引き揚げさせて帰途についた。途中、孟宗竹の藪を通過すると、異様なうめき声がした。行って見ると、多数の重傷者が一列に並べられて苦しんでいた。どうしてやることもできず、彼らはこの惨状から顔をそむけて通過した。

事務的な整理を終わった落合中尉は、脱出の方法について幹部に検討を命じておいて、砲弾の激しい炸裂の中を大盛支隊長の壕に挨拶にいった。

副官からの報告をまだ受けていなかったらしく、大尉の表情は一瞬驚きと困惑とで曇ったが、彼は即座に言った。

「そうか、それはよかった。うまく脱出しろよ。あとの戦いは頼んだぞ」

この若い支隊長がすでに死を決意していることを知り、落合中尉は言うべき言葉も知らなかった。

大盛大尉の気持ちは複雑だった。前進陣地として別命あるまで保持せよといわれたものが、いつしか持久抵抗の拠点にされた。しかも、真の意味の抵抗ができないうちに、この砲爆で部下がつぎつぎとうしなわれてゆく。これでは、仮に「別命」なるものが出たとしても、そのころには大盛支隊は存在しないだろう。こうして、なすところなく滅びるよりも、むしろ出撃して暴れまわり、潔く死に花を咲かせたいと思うと、「頑張っていることに意義がある」と言ってくる。そこで、いずれは玉砕する運命であっても、およぶ限りの持久戦を行なってやろうとようやく腹を決めたとき、こんどは落合中隊を引き抜かれる。この工兵隊の撤退は、陣地の補修や強化がこれ以上できないこと、複廓陣地の右側背の弱体化とを意味している。

大隊というも、彼はすでに比嘉小隊を失い、岩重、横田小隊の復帰も疑わしい。この兵力で敵の大軍を相手に戦えという兵団司令部は、いったい何を考えているのだろうか。まるで俺は、赦免に洩れた鬼界ケ島の俊寛僧都《そうず》だな、と彼は苦笑した。しかし、このさい、支隊長としては、落合隊の撤退はあくまでも喜んでやらねばならないと彼は思って、中尉をせき立てて脱出の準備を急がせた。心で詫びながら支隊長に別れを告げ中隊に帰る落合中尉の足どりは重かった。

大盛支隊の見殺しに対し、いま一人強く反発している人がいた。歩兵第七十一連隊長・二木栄蔵大佐である。師団の命令を正直に受けとめて、大盛支隊の強化に努力した彼だったが、歩七十二が同じ命令を実行していないことを知るにおよんで、自分の行為の正しさを信じながらも彼は釈然としなかった。連隊は方面軍の命令で、畠中大隊全員を斬り込みに出そうとしていた。おそらく生還の見込みはあるまい。いままた大盛支隊を失えば、わずかに森大隊のみの連隊となる。このような早期の損耗をつづけて、なにが戦略持久だろう。すでに水際作戦の拠点としての意味もなく、本陣地構築の時を稼ぐための遅滞用陣地としての役割もいちおう果たした。カバルアン陣地は、これ以上保持する必要がない。こう思った大佐は、すでに述べたとおり、十七日以降、司令部に対して支隊の撤退をしばしば要請したが、そのつど司令部がこれを却下した。

しかし、二木大佐の撤退要請は、その後もつづいて行なわれる。

第三章　国道３号線――マニラ街道

横田、岩重小隊全滅

　このころ、アグノ川の橋梁の警備に大盛支隊から派遣されていたバヤンバンの第六中隊の第四小隊（横田少尉）が、危機に直面していた。この小隊は、鉄橋の警備と空挺降下の警戒の目的で、この町はずれの小高い丘にある村落に陣地を占領していた。情勢もわからぬままに、戦勝を信じて、彼らはこの村で住民と交易しながらのん気に過ごしていたが、そのうち敵の上陸が開始され、この小隊も空襲を受けはじめた。敵機が銃撃と同時に撒いたビラで、ゲリラがいっせいに蜂起した。分哨に出ていた第一分隊が、ゲリラに襲われて軽機関銃を奪われ、その軽機を持った彼らは、小隊の主力を攻撃してきた。

これを反撃して追っ払い、それからゲリラとの一進一退の戦闘がはじまった。小隊は対岸に本部を移したが、その翌日、横田小隊長が腹部に負傷した。幸い傷は浅く歩ける程度であったが、少尉は、自分のこんごの指揮能力に自信が持てなかった。敵は戦車とともに進出してくるし、すでに爆破された鉄橋の警備の意味もない。かといって、無断で退ることもできない。少尉は意を決して、自分一個の責任で部下を玉砕の徒死から救うために、自らの軍刀で頸動脈を切って自決した。佐賀出身のこの老少尉の、悲壮な葉隠れ武士道であった。

小隊長の遺体を荷車に乗せて、隊員は、カルメン橋の岩重小隊に合流すべくアグノ川の南岸を遡った。すでに橋は落とされていたので、その日は林にかくれて、そこに小隊長を葬り、夜を待って真っ暗な川を水中渡河し北岸に出た。そこで彼らは、岩重小隊が民家の中で飯を炊き、出発の準備をしているのに出会った。カバルアン丘の大隊本部から、救援のため急遽、大隊に復帰せよとの命令を持った連絡兵が、かろうじて敵中突破してたどり着いたとのことだった。小隊は岩重中尉の指揮下に入り、その夜のうちにカバルアン丘へ向かって出発した。

しかし、カバルアン丘への道は容易なものではなかった。彼らはひと晩じゅう歩きつづけたが、結局堂々めぐりでもしていたのか、友軍陣地にたどり着くことができず、白昼は動けないのでコゴン草の中にかくれていたが、ついに敵に発見された。二名の戦死者が出た。日暮れを待って脱出路をひらこうとした岩重中尉は、一個分隊を率いて萱《かや》の中からとび出した。ところが、田の畦《あぜ》をわたっているところを待ち伏せしていた敵の猛射をうけ、岩重中尉は白の鉢巻きをして軍刀を振りかざして突撃したが戦死し、分隊員も、腹の皮を銃弾でえぐられた二等兵一名がかろうじて帰っただけで、全員戦死してしまった。

残った兵たちはふたたび国道3号線のほうに引き返し、疲労困憊の状態でビリヤシスの集落の林に身を潜めた。敵の戦車が、五メートル手前まで近接してきた。味方も手榴弾でこれに肉薄攻撃を加え、敵兵一名を殺したが、わが方も三名が戦死した。戦車は後退して、こんどは砲撃を加えはじめた。あと一時間すれば日が暮れる。兵たちは、そのときは、全員で戦車に斬り込み戦死する覚悟を決めた。

この中に当時二等兵として入っていた永吉実治氏は、このときの心境を、次のように述べている。

「あと一時間の命、奇蹟のない限りおそらく助かるまいと覚悟したとき、奈落の底にのめりこむような孤独感を覚え、脈打っている自分の心臓の鼓動がおのれ一人のものでなく、父から子へ、そしてまた子へと、人類発生以来一分も休むことなく動きつづけてきたものだということをはじめてさとりました。人の命の尊さ、人生の厳粛さというものが、はじめてわかったような気持ちがしました。

また、そのとき、夢うつつの中に、私の墓にむかう母の姿が浮かび、母が手に持っている白い山茶花《さざんか》の花が鮮やかに脳裡に浮かんだのを、いまでも忘れません。暑い熱帯の地で、冬に咲く山茶花がなぜ思い出されたのでしょうか」

ところが奇蹟が起こった。日が暮れると、敵戦車も歩兵も後退していったのである。危く生命を全うした彼らは、アグノ川に沿って、友軍陣地にたどり着くべく歩いて行くと、ウミンガンの近くで射撃された。撃兵団の大室支隊の兵が、一行をアメリカ軍と間違えたのだった。射ち合っているうちに誤りがわかり、彼らはその撃の部隊に合流した。

まもなく、この部隊も敵の攻撃をうけて壊滅して後退した。永吉二等兵らは撃兵団とも別れ、廃墟と化したサンホセをとおって、バレテ峠を越えた。そして彼らは、アリタオで鉄兵団に編入され、弾丸運びの使役に使われる身となった。しかしそのうちに、旭兵団がバギオで健闘中との情報をえて彼らは、本隊恋しさに矢も楯もたまらず、鉄の指揮下を脱出し、山下道をとおってついにバギオに着いた。本隊に復帰した彼らはふたたびキャムプ3の戦闘に投入された。そして生き残った者は、本隊とともにプログ山のほうに撤退していった。永吉二等兵はここで、すでに帰隊していた大盛大尉の再建第二大隊に編入された。そして終戦を迎えたとき、第六中隊ではわずか二名が生き残っていた（そのほかに途中で捕虜となった二、三名がいるとのことである）。永吉二等兵と行をともにした戦友や上官も、ほとんどが山中で戦死、餓死または病死していた。

かくして大盛支隊は、戦闘開始前にすでに一個中隊分の兵力を失っていた。そのうえ、たよりにしていた落合隊に去られると、大尉はこの丘を七百以下の兵力で守らねばならなかった。

落合隊脱出

話を、撤退命令をうけた落合隊にもどそう。分散していた部下を集結させるのに、かなりな時間がかかった。そのうえ、この夜は土砂降りの豪雨（この雨には筆者もバレテ峠を越えるときに遭った）となり、負傷兵を運ぶ予定の中隊でただ一台のトラックが、泥濘にはまって動けなくなった。カバルアン集落からウルダネタまでの田圃の一本道は、敵弾が絶えず炸裂していて通れない。

この辺の敵情もわからないので、脱出ルートは変更することにした。この夜は、とうてい脱出はできなかった。日中は動けない。もし翌十六日にも敵が侵入してくれば、もちろん脱出はあきらめて戦わねばならない。中隊は、全員で徹夜で壕を掘り直して待機した。トラックは破壊した。しかしこの日は、中隊の正面には少数のアメリカ兵が出没するのみで、終日砲撃ばかりだったので、損害は皆無だった。

カバルアン集落から少し西に行ったところに三叉路があり、比較的広い道路が丘の内部へと入っている。この道は南へ行くに従ってだんだんと狭くなり、ついには徒歩道となる。このあたりは開豁地で、遮蔽はほとんどなくなる。

落合中隊は、十六日夜半ふたたび行動を開始した。砲撃が下火になるのを待ち、小隊ごとに、こんどは前述の道路を南下した。三キロほど進むと、ビリヤシスからきて田圃を通り、丘を横断してマラシキに抜ける馬道に出た（この道は後、幅五メートルの幹線路となっている）。これを東進すると、丘の東縁の林の中のオンサドの集落についた。そのとき夜が明けた。落合中尉は、ただちにビリヤシスまで突っ走りたかったが、部下の制止もあり、ここに潜伏することに決め、隊員には民家から一歩も出ないように厳命した。

敵はこの十七日未明、一個大隊をもって西からマラシキ道路まで侵入してきた。しかし、彼らの攻撃は、丘の北西の大盛支隊の主陣地へと指向されていたので、すぐ東

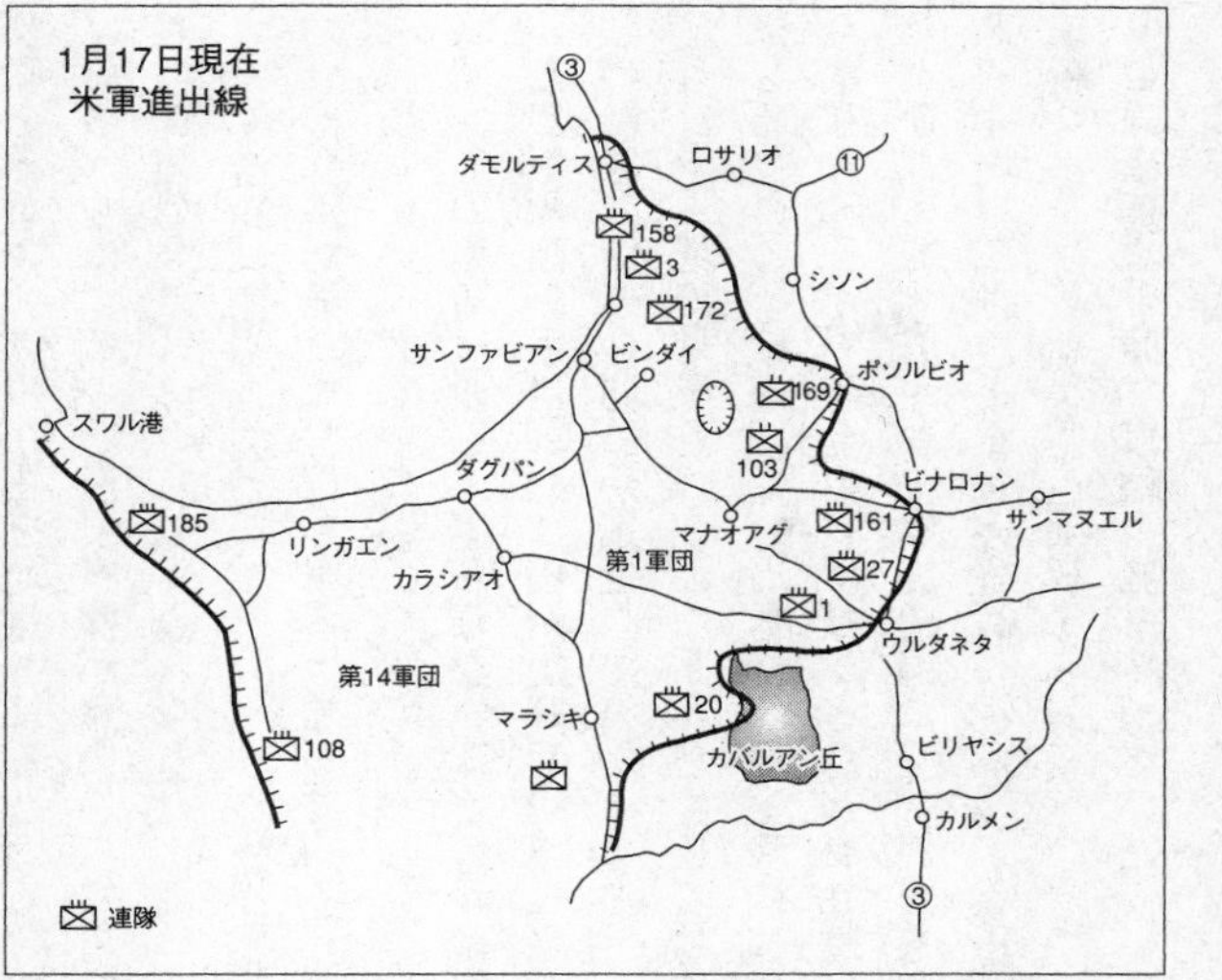

のオンサドまでは偵察にもこなかった。落合隊もわずか二キロ西まで敵がきていることを知らず潜んでいた。敵がこの集落に二百名の日本兵のいることを知ったならば、ただちに攻撃に出ていたろうし、そうなれば落合隊は、おそらく全滅させられたに違いない。兵を潜伏させたのは賢明であった。

この集落で、田圃の中の疎開小屋から自宅に荷物を取りにきたという三名の原住民を捕らえた。三人ともボロ（蛮刀）と拳銃を持っていてゲリラらしいので、第四小隊の分隊長でアメリカ生まれの緒方博明軍曹が通訳となって尋問したが、さっぱり要領をえない。隊の存在を通報されると困るので、そのまま縛っておいた。

そのうちに、敵の低速偵察機《パイパー・カブ》が飛来して、超低空で集落の上を旋回しはじめた。のちには砲爆撃の誘導者として恐れられた、この一見旧式な飛行機も、この時点ではめずしく滑稽にすらみえた。「敵もいよいよ飛行機が不足で、こんなものまで出してきた」と喜んだ愚かな将校を筆者は知っている。落合隊の兵の中にも、窓を開けてこれを見物している者がいて、たちまち空から見つけられた。少しあとの十六時から約半時間、この集落は頭も上げられないほどの猛砲撃を受けた。器材小隊から派遣されていた興梠《こおろぎ》勲運転手は即死、田川上等兵以下三名の負傷者が出た。例の三名のゲリラは、この騒ぎにいつの間にか逃走していた。

もはや一刻の猶予も許されなかった。丘のはるか北西部で、激しい銃砲声が起こりはじめている。敵がいよいよ本格的地上戦に移ったのだ。戦闘している大盛支隊の事も案じられたが、落合中尉には、方針どおり脱出する義務があった。第一の関門はビリヤシスまでの五キロの開豁道路で、もっとも危険な個所である。これを突破するため、中尉は、前夜のような進行速度の遅い負傷兵の担送（担架で搬送）はやめ、繋駕車輛（馬に曳かせる車）に彼らを載せた。

中隊は馬二十頭、車輛十五を持っていた。いままで車に積んでいた物資は、爆薬などの戦闘資材以外は食糧といえども捨てさせた。兵器、糧秣、器材、馬匹などの所管者、領木又男曹長、長尾哲男軍曹、森哲秋軍曹らの機敏な指示によって迅速に準備が整えられた。

砲撃の合い間をみて、日没を待たずに、中隊は戦闘隊形で集落をとび出した。敵は、三十分ごとに約五分間集落を砲撃している。そのたびに集落から真っ赤な火焔が吹き上がり、中尉らはふり返って望見しながら、よくもあの下で死なかったものだと思った。約二時間の懸命の行進ののち、無事ビリヤシスの木の茂みにとびこんで胸を撫で下ろした。ここまでくればいちおう安心である。すぐ北のウルダネタには、強力な戦車隊がいる。

途中で二名の原住民を捕らえていた。二人ともボロを腰にさし、拳銃を持っていた。進行しながら尋問すると、自分たちはただの集落の住民で、武器は拾ったものだとしか答えず、ときどき大声で「ファポー、ファポー」と聞こえる奇声を発する。谷吉曹長が、この連呼で中隊の位置が知られることを恐れ、「コラ、静かにせんか」と叱りつけたが、二人はいっこうに「ファポー、ファポー」をやめようとしない。

「中隊長どの、このハポー、ハポーとはなんでしょうかなァ」

と曹長はあきれていった。

「たぶん、ここに日本兵がいるからはやく逃げろとか、アメリカ軍に伝えろとかいってるんじゃないかな」

と中尉はいった（中尉の勘は正しかった。彼らはファポーではなくて、ハポン、すなわち日本兵だと叫んでいたのだった）。

中尉はここで、連行してきたこの二人のファポーを釈放しようと決心した。彼らはあきらかに、ゲリラかまたはその同調者だ。釈放すれば、二人は必ず有力な日本軍の一隊が丘から東進したことをアメリカ軍に通報するだろうが、そうなれば、敵は兵力の一部を割いてこの隊を追うかもしれない。それだけ大盛支隊への圧力が減る理屈だから、それもよかろう。それに、この二人は武器は持っているが、あきらかにカバルアン丘の住民である。とすれば、彼らもこの戦闘の巻き添えをくった被害者ではないか。若い落合中尉は、老練の将校の持つ戦争ずれに毒されていなかった。

彼は「大東亜共栄圏」の理想を純粋に信じていた。無辜《むこ》の住民を迫害、殺傷するなどは許せない行為だと思っていた。また彼は、ゲリラの立場をも理解することができた。もしも立場を替えて自分が民間人《シビリアン》であり、自国が侵略されたとすれば、自分も必ず武器を執って抵抗するだろう。彼らゲリラも、その意味では愛国者である。それに、いま彼らの一人や二人を殺したとて、戦局がどうなるものでもない。むしろ釈放してやれば、いつかは日本人の心を理解することもあろう。

殺さねば殺されるというきびしい戦場にあって、これは全く甘い考えかもしれないが、それでよいのだ、と中尉は思って、二人の縛を解くことを命じた。薄汚ないゲリラ容疑者は、「サンキュー」とか「サラマ」とかいって、愛想笑いをしながら集落のほうに走り去った。

謎の救援隊

ビリヤシスに着いた落合中尉は、この町で休息している百数十名の一隊を発見した。隊長は三十歳そこそこの幹部候補生上がりの中尉だった。この隊は、少数ながら輜重兵まで連れている。隊員の中には落合隊の兵と顔見知りの者もいて、言葉を交している。

「私たちは旭兵団の命令で、これからカバルアン丘に増援に行くところです」とその中尉はいった。

では、この隊は、自分たちと差し換えに大盛支隊の穴埋めに出される隊なのだ、と落合中尉は思った。中尉は、旭兵団が大盛支隊を全く見殺しにはしていないと知って嬉しかったが、自分たちに代わって死地に赴くこの人たちに、「あなた方はわたししたちの身代わりです」などとはとうてい言えなかった。

落合中尉からカバルアン丘の地形や戦闘の状況を聞いたこの中尉は、落ち着いた低声で、

「わかりました。必ず立派な働きをします。生還はもとより思いもよらないことです。どうか祖国の人々に、わたしたちが最後まで敢闘したとお伝え下さい」

「承知しました。ご希望は必ず果たします」

と落合中尉は、感動で声をつまらせて答えた。

しばらく立ち話をしたのち、一方は生へ、他は死へと別れて出発した。落合中尉は、この中尉の氏名も所属も尋ねなかったことを残念に思ったが、もはや遅過ぎた。

落合中尉は、この隊がカバルアン丘に入り、支隊とともに玉砕したものと信じていた。ところが、戦後大盛氏に会ってこの話をしたところ、同氏は不思議そうに、それは自分のほうの岩重小隊ではないか、と言った。しかし、隊長の言葉、小隊にしては多過ぎる兵員、それに輜重兵の存在からみて、それはあきらかに岩重小隊ではない。それに、あとで判明したことだが、岩重小隊はその前日、カルメンからカバルアンへ復帰する途中で会敵して全滅している。してみれば、もっとも確実なことは、大盛支隊長が、この増援について、なんの通告も受けておらず、また、さらに重要なことに

は、この隊を受け取っていない、ということである。

この隊がなんであったか、カバルアン丘に行かないでいったいどこへ行ってしまったかについては、落合氏も旭兵団および歩七十一の関係者に戦後いろいろと問い合わせたが、誰一人答える者もなく、三十年間謎のままであった。

そこで、筆者はこう想像してみた。当時の大がかりな移動の混乱の中で、本隊とはぐれたり、所属不明となった小部隊が3号線付近のあちこちにいた。これらが旭兵団に掌握され、集成されて一個中隊となり、カバルアン丘の救援を命じられたものではなかったか。この隊がカバルアン丘に行かなかったのは、途中で一兵をもあまさずに全滅したか、または、なんらかの理由で突入を断念したかである。あの夜中、田圃を強行突破すれば、たとえ敵と遭遇しても、全員戦死などは考えられない。すると、あとの理由が有力となる。

その場合、命令によって引き返したか、自らの判断で断念したか、いずれかである。第一の理由としては、十七日、敵はすでにアラヴァ山、三五五高地の歩六十四を迂回して3号線に迫っており、わずかに森大隊のみで守る四八八南側高地の主陣地が脅威を受けはじめていた。従って、この隊に急遽、引き揚げが命令されたことは大いにありうることである。後者の場合は、その隊長が落合中尉に語った心境には偽りはなかったが、工兵隊から聞く予想外の状況の悪化と、目のあたりにみる砲撃の凄さに、団結も連帯も弱い部隊をあえて死地に投ずることが困難となり、突入を断念したということであろう、と筆者は思っていた。

ところが、この筆者の想像は、半分が誤っていることが最近わかりはじめた。出撃した畠中挺身隊の十一中隊にAという軍曹がいたが、このA氏（負傷したが無事生還）が、きわめて貴重な情報を提供してくれたのである。

A軍曹は本部付を命じられ、大隊長とともに十六日夜ウルダネタ付近から出撃、歩六十四の陣地の小丘に着いた。彼は隊長から、おなじくサンファビアンに突入するはずのわが戦車隊の状況の偵察を命じられ、兵四名を連れて出た。しかし、すでに敵の機甲部隊が3号線をめざして押し寄せており、彼らは田野を南へ流されるうちに、二名の兵が戦死し、十七日夜九時ごろウルダネタの3号線にもどってしまった。友軍の戦車二輌を発見したが、戦車隊が出撃した様子はいっこうにない。

この時、A軍曹の前を、まるで尻に火がついたように友軍の一隊が大急ぎでとおりかかった。近づくと、驚いたことには、それは畠中挺身隊に編成されず、ウルダネタ、ビリヤシス、カルメンと、国道ぞいに残されていた第三大隊の病弱兵、補充兵、機関銃小隊、輜重兵小隊の一隊であった。輜重の小宮地軍曹は、馬や兵隊にひどく気合を入れながら進めている。その隊の最後尾に病兵を率いてやってきたのが、第十一中隊の残留小隊長の新川曹長である。

「新川！」とA軍曹は声をあげた。

「いったいどういうことか、これは？ どこへ行くのか。敵はもう四キロ先まできとるぞ」

「わかっとる。昼間聞いたが、きょうの夕方までには敵の機甲部隊がこの街道まで進出するちゅうことじゃった。そいで急いどる。俺たちはノコギリ山の連隊の陣地へ行く」

ノコギリ山とは、四八八高地とシソン東方高地の総称で、挺身隊を送り出したあとは、残留組はこの地区に進出するとA軍曹も聞いていた。それが、なぜウルダネタ辺にまだウロウロしていたのか彼には不思議だった。

「敵はカバルアン丘の第二大隊を攻撃中で、大隊は、やっと脱出してきた工兵隊の話では、もう玉砕寸前だろうということだ」

と、新川曹長は説明した。

この立ち話のあとにA軍曹は彼らと別れたが、詳しい事情などは尋ねる暇もなく、また、他人の行動により深い関心を持つ余裕もなかった。

最近A氏は、三大隊の生還者数名に問い合わせて彼らの証言をえたが、それとA氏の認識とを総合すれば次のとおりとなる。

畠中挺身隊に編成されなかった将兵は、各中隊五十名前後であった。その中で九中隊と大隊砲小隊は、十六日挺身隊出発後、シソン東方山麓の野砲陣地掩護のために先発し、残余は挺身隊の残した弾薬、糧秣の整理、病弱兵の担送などのため、一日遅れていたという。A氏が問い合わせた生還者の言では、残留組は、ノコギリ山の歩七十一の陣地に行けと命じられてはいたが、大盛支隊の救援などは全く耳にもしていなかったし、工兵隊とも会った記憶もない。ただし、工兵が転進したことは聞いたという。

しかし彼らの証言も、この隊がカバルアン救援隊でなかったとする根拠にはならない。落合中尉が、ビリヤシスの三叉路でかの隊長の決意を聞いていたとき、先方の隊列から一人の下士官が出て、工兵隊の下士官と立ち話をしていた。新川曹長がA軍曹にいったように、脱出した工兵隊の話を聞いたとすれば、それはこの場所、この時以外ではありえない。落合隊はその直後北上し、ウルダネタの手前で右折迂回し、その後戦車以外の友軍に遭っていない。

故に、新川曹長を含む一隊が、すなわち落合隊がビリヤシスで会った「増援隊」であったという動かし難い帰結が生まれる。そうとすれば、この隊のカバルアン行きが、何者かによって責任者の将校に下命され、下士官も兵もろくに知らされないままに、斬り込みには不適でも陣地戦ならなんとか使うことができると思われる病弱兵をも連れて、ビリヤシスに集結していたということになる。しかも、当時連隊本部付の将校だったB氏もC氏も、この派遣は知らないし、二木氏自身も語らない。しかし、一隊の南下はまぎれもない事実であり、また、後日B氏は、カバルアン丘に行けなかったことで連隊長から激しく叱責されている一将校を見ている。

落合中尉はかの隊長に、大盛支隊が玉砕寸前であるなどとは話していない。戦闘ははじまったばかりだった。おそらくそれは、新川曹長との対話の中での工兵の誇張だったろうが、それが、臆して丘への突入を断念した隊長の有力な口実となったと思われる。突入を断念した以上、敵に退路を遮断されないうちに街道を突破すべく、大急ぎで北上していたのだろう。それにしても、かの隊長は「師団命令で」救援に行くと語ったが、誰がこの命令を出したか、この隊長が残留組の誰であったかは、いまにいたるも謎である。筆者もこれ以上追求しない。すでに二木氏が逝去されたいま、当事者が語らないならば永遠の謎であろう。

なお、この残留部隊にも、悲惨な運命が待っていた。野砲陣地掩護のため進出した第九中隊の角軍曹以下四十四名は、十九日シソン東方田圃で、すでに3号線を越えていたアメリカ百六十九連隊の猛攻に遭って全員戦死し、「ノコギリ山」に帰着した新川曹長以下三十八名は、敵の攻撃の矢面に立って、これも全員戦死した。結局、終戦まで生命を全うして生還した第三大隊員は、わずか三十六名、原兵力の五パーセントに過ぎなかった。

重見支隊玉砕

さて、落合中隊はここで小休止後、おなじ戦闘隊形で北上を開始した。小隊長の指揮する一個分隊を前方に出し、五十メートルの距離をおいて中隊長と指揮班とを先頭にした主力がつづいた。さらに百メートル遅れて、馬匹、車輌、負傷兵を含む器材分隊がつづき、最後尾には先任分隊長の指揮する一個分隊が進むという隊形で、それぞれの群の間に十メートルおきに逓伝《ていでん》兵をおき、各群は分隊ごとに二列縦隊となり、いつでも突撃できる体制をとり、一キロ進むたびに斥候を出して前方の安全を確認するといった慎重さで、二百の黒い影は粛々と3号線を北上した。

ウルダネタの一キロ手前で斥候を出し、前方に異状のないことを確かめて前進しようとすると、とつぜんウルダネタかマナオアグと覚しい方向に激しい銃砲声が起こり、照明弾がさかんに上がりはじめた。これでは本道はとおれない。中隊は道路を東へそれ、夜明けとともに付近の民家に潜伏した。

このころ、国道3号線上の重見支隊の第一線に、アメリカ第二十五師団の先鋒が襲いかかっていた。すでに十七日には、敵一個大隊がビナロナン町の北半分に侵入していた。この町のわが軍は、伊藤少佐の戦車中隊に、町の西方、二〇〇高地から撤退してきた歩六十四の小部隊が加わって三百五十の兵力となっていたが、十七日夜には、敵の六輛の戦車が侵入して乱戦となり、伊藤少佐は戦死、生き残った百名は東方サンマヌエルへ引き揚げた。落合中隊が聞いたのは、この銃砲声だったらしい。この夜は、ウルダネタでは戦闘は行なわれていない。

ウルダネタに対しては、十七日朝、敵戦車が攻撃してきた。実光隊がこれを迎え撃って、町の西方で激戦となった。わが方は実光隊長以下戦死百名、戦車九輛を失ったが、敵の攻撃はわが三門の十センチ榴弾砲がM4二輛を撃破したため頓挫し、敵は後退、わが方も支隊本部のあるサンマヌエルへ引き揚げた。

落合隊の指揮班の兵が、ウルダネタの東で友軍の戦車を発見した。

「どこの隊か知らんが、こんなところでなにをウロウロしとるか。すぐそこまで敵の戦車がきとるのを知らんのか」と、戦車兵が天蓋を上げて顔を出して怒鳴った。

落合中隊長は驚いて、改めて永田小隊長を戦車隊に派遣し、それが事実であることを知った。戦車はやがてガラガラと東方へ去った。幸い敵は落合隊の存在を知らないらしく、攻撃してはこなかった。この幸運な中隊は、敵味方のにらみ合いの中間を、なにも知らずに悠々と通過し、かつその中間に留まっていたのであった。戦場では、このような嘘のようなことも起こる。中隊は、昼間のこととて、こんな開豁地では身動きもならず、壕を掘って終日潜んでいた（戦後調査したところでは、敵との距離はわずか五、六百メートルであった）。

重見支隊のこの地区で行なった抵抗は、実は方面軍の反撃計画の一環だった。山下大将は敵が上陸したとき、「敵はわが腹中に入れり」という有名な声明を出した。内地では、中部平原に入りこんだ敵に対し、日本軍は尚武、建武、振武の三拠点からこれを包囲して撃滅してくれるものと期待をしていた。しかるに、わが軍は一方的に押しまくられ、わが腹壁はいたるところで突き破られている。バギオにいる報道関係の人々は、いつ攻勢に出るのかとさかんに司令部に迫ってくる。参謀部でも若い人々は反撃を主張する。しかし、山下大将は、堅実な作戦で歩一歩と押してくる敵第六軍の大兵力に対して反撃に出ることの無駄をよく知っていて、血気にはやる参謀たちを抑えて、あえて持久に撤するよう申しわたした。一月十一日のことである。

山下大将のこの苦衷を察した武藤参謀長は、方面軍が十一日の決定を守り手をつかねておれば、敵はますます強力となり、意のごとく作戦を進めてくることは目に見えているから、ここで部分的にでも攻勢を取れば士気もあがり、麾下の部隊にも自信と積極性を与えることができると考えた。彼は、次の要領で部分的反撃を行なうことを計画し、山下司令官の決裁をえた。

㈠　盟兵団から一個大隊以上、旭兵団から二個大隊以上を挺進攻撃させる。

㈡　重見支隊は速やかにビナロナンの東に集結する。

㈢　この挺進攻撃は十六日夜、実施する。

ところが、この決定に対して真っ向から反対したのが、これらの挺進部隊の強力な掩護部隊として方面軍が大きな期待を寄せた重見支隊の重見伊三雄少将だった。「物も言えず、目も見えず、耳も聞こえない戦車に、夜間挺進を命令するとは非常識きわまる」と彼は、命令を伝達にきた旭の井上参謀に憤激していった。しかし、命令は命令なので、少将はやむなく、高木義孝大尉の戦車中隊をビナロナンから出撃させた。ところが、中隊はこの町の西の集落で有力な敵の待ち伏せに遭い、激戦を交えたが、わが方は四輌の戦車と中隊長以下の幹部をほとんどすべて失った。結果は少将の予想したとおりだった。（橋詰忠氏談）

一方、北よりする盟兵団の挺進隊は、あるいは徒歩で、あるいは海中を泳いで、アラカン方面に十六日夜斬り込みを行ない、相当な戦果を上げたといわれるが、方面軍の命令による「一個大隊以上」という兵力ではなく、少数の斬込隊によるもので、その成果も推して知られる程度だった。

旭兵団から挺進を命じられたのは、歩七十一の畠中第三大隊と歩七十二の甲《かぶと》大隊であった。畠中大隊が連隊に遅れてマニラから徒歩で北上したことは、すでに述べた。一月十三日、ようやく連隊に復帰したこの疲労困憊の部隊に与えられたのは、休養といたわりではなく、全員をもってする出撃命令であった。この大隊が師団から指名されたとき、あまりの非情さに、各連隊の命令受領者はこぞって反対した。畠中少佐も、途中まで出迎えて命令を伝えた小杉、吉原中尉に、「なぜ俺だけが継子扱いなのか」と痛憤を洩らした。復帰した少佐は、「命令は必ず行なうから暫時の休養がほしい」と懇願したが容れられず、翌十四日には、さっそく出撃準備にかからねばならなかった。

後発の機関銃中隊（穴井中尉）と病弱者らを残して、畠中大隊は、工兵一個小隊の配属をうけ、十六日夜出撃した。爆薬も少なく、素手にちかい装備だったという。そして十八日から二十日まで、敵のサンファビアン橋頭堡に斬り込みを敢行した。この大隊の戦果は大きく、ドラム缶多数を炎上させたことはアメリカ戦史も認めているが、戦車も数輌破砕した。しかし敵は、真昼のごとき照明の下に反撃をはじめ、大隊の死傷は続出し、挺身隊員五百五十名中、畠中少佐以下三百五十名が戦死し、生還したのは下士官以下二百名と、臆して斬り込まなかった工兵隊の某少尉（のちに戦死）だけであった。

歩七十二の甲大隊も出撃した。この大隊は命令どおり全員で出撃せず、わずか百名で3号線上の北のパラクパラクに進出した。ところが、同日ここにきていた敵と衝突し、三十名を失った（この戦闘はアメリカ軍戦史にも出ている）。公刊戦史では「その後ビンダイからサンファビアンに斬り込むうちに、残存する者二十名となって帰還した」と記されている。

これらの斬込隊が死闘をつづけ、マナオアグ北方の歩六十四の佐々木大隊、カバルアン丘の大盛支隊が依然陣地を確保して抵抗を行なっているとき、これら第一線歩兵部隊を支援するはずの重見支隊がビナロナン、ウルダネタの線をすら防守せず、形ばかりの戦闘を行なったのち、東方サンマヌエルに引っ込んでしまった。このことは山下大将を激怒させた。大将には、重見少将のこの態度は、わが身の保身にきゅうきゅうとした卑怯なものに思われ、露骨にこれを責めて、出撃を命じたが、少将は応じなかった。重見少将は、このような無駄な用兵で滅びるよりも、師団に帰って戦いたいと復帰を要請したが、岩仲師団長もこれを許すことができなかった。一方、業をにやした山下大将は、ついに重見少将を喚問して軍法会議において処断することを決意し、左の直筆の電文を送った。

「重見少将ハ直チニ爾後ノ指揮ヲ前田大佐ニ移譲シ軍司令部ニ出頭スヘシ。前田大佐ハ日本軍戦車隊ノ華ニカケテ突撃ヲ敢行セヨ」

ここまで追い詰められた少将は、二十七日自ら最先頭の戦車の砲塔にまたがって突撃を行ない、割腹自決したといわれる。前田大佐も同時に戦死し、重見支隊はここに潰滅した。百名の生存者がいたが、彼らは旅団副官の某少佐の指揮の下にアムバヤバン峡谷に送られ、そこでほとんどが戦死した。この少佐は、たまたま師団に連絡にいっていたというが、激戦中のサンマヌエルに臆して帰れなかったことで非難を受けていた人で、この派遣は一種の懲罰であった。

あきらかに無理な出撃を強要された部隊が、自棄的な突撃により玉砕するというパターンが、敗戦のフィリピンでもビルマでも繰り返されている。マニラ東方の振武戦線でも、二月の反撃における南部好範大佐と岸本悟郎参謀が、度重なる非情の督戦にたまりかね、わずか百名の手兵を率いて堅固に布陣した敵一個連隊の正面から斬り込み戦死した。

その他の反撃隊もさんざんな目に遭って退却したが、この時は、この微弱な反撃と惨めな撤退を計画指導した振武の小林修治郎高級参謀に対し、バギオの武藤参謀長から、「みごとなる反撃およびみごとなる撤退、まことに賞讃す」という、人を啞然とさせる賞詞が与えられている。しかし、重見支隊に対しては、賞詞どころではなく、その生存者すら逃亡兵扱いにされた。山下大将が重見支隊の勇戦を知ったのは、終戦後、米軍から教えられたときであった。

さて、こういう激戦の中を、落合隊は、十八日の午後にはすでに敵に占領されていたビナロナンの東を、敵も友軍もそして中隊自身も気がつかないうちに、その夜間にとおり抜けていた。その間、第三小隊長近藤友喜少尉の指揮する将校斥候が、ビナロナンの東二キロの地点で、二輛のわが九五式軽戦車が驚くほどの快速力でサンマヌエルの方角へ走り去るのを目撃した以外には、敵にも味方にも遭わなかった。

翌十九日の日中は、ビナロナンの東三キロのサンフェリペ集落に潜伏して食糧を探す一方、各方面に斥候を出して友軍を求めた。ある斥候がついに歩七十二の分哨を発見した。これに勇気をえた落合隊は、夕刻集落を出てこの分哨に着き、そこで教えられたとおり、小川を遡って旭兵団の野戦病院にたどり着くことができた。ここに負傷兵を入院させた。病院では工兵連隊の所在を知らなかったので、教えられた第七十二連隊本部に行くこととし、ここから先は不案内な山道なので、ひとまず器材と馬は病院に残した（これらはのちに誘導されて無事本隊に復帰した）。

第七十二連隊本部で工兵連隊の位置を教えられた落合中尉は、喜ぶと同時に驚いてしまった。連隊は、もとのボボナンから遙か東方の四八八高地の南側の山中に移っていたのであった。

この中隊は、脱出の途上にもその五号無線機を大切に携行し、きまじめに朝五時と夕方十六時にはどの場所にいても定時連絡を発信しつづけていた。これは退路の指導と戦況の通知を受けるためで、必要があれば重見支隊との合流も考えたからだった。中隊としては、連隊本部が依然ボボナンにあると考えており、戦線がわずか一週間でこれほども急速に後退していようとは知らなかった。カバルアン丘を主陣地とした以上、主力のこの後退は常識をこえている。

一方、連隊本部のほうでは、落合隊が国道を直線的に北上して退ってくるものと期待しており、これほど迂回してくるとは予想もしなかった。そこで彼らもまた、この中隊と連絡するために、定時に打電しつづけていた。しかし、この交信は一度も成功しなかった。それは、一つにはこの無電が敵に傍受されないようにとの用心から、互いに電波の指向角度を極度に狭くしたため、電波がすれちがってしまったこと、もう一つは、本部が定時通信をはじめると、それが敵に探知され、必ず数十秒後には猛砲撃をうけた（網屋氏談）ため、呼び出しを三十秒間と限定して、その後は壕に退避したこと、さらに一月二十日ころには、落合中隊の帰還が絶望とみられるほど戦況が悪化したため、呼び出しを打ち切ったことであった。落合中尉も、歩七十二の陣地に入ったあとは、電波の発信が味方陣地への砲撃を呼ぶことをおそれて、定時通信を打ち切った。

この交信が成功しなかったことも落合隊に幸いした。連隊長がのちに述懐したところでは、もし交信に成功しておれば、落合隊をまず重見支

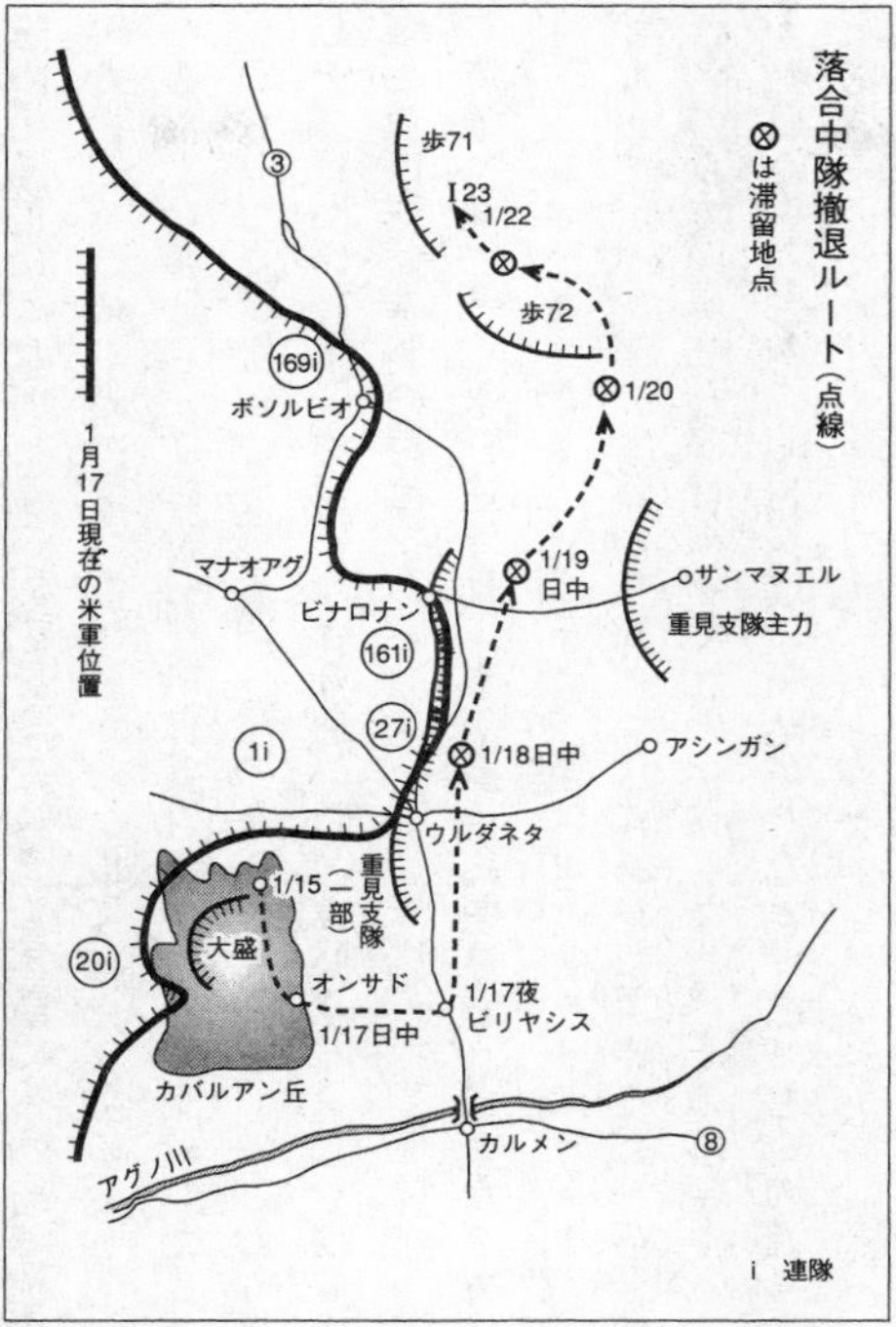

隊の指揮下に入れて、その保護をえたうえで本隊に復帰する機会を待つよう命令していただろうとのことであった。しかし、仮に重見支隊に合していたとすれば、連隊長の好意とは裏腹に、中隊は必然的にサンマヌエルで玉砕したことはあきらかである。

こうしてたびたびの危機を間一髪のところで知らずにとおり抜けたこの工兵中隊は、二十二日ついに連隊本部にたどり着いた。カバルアン丘を出てから七日目である。平時なら車で一時間の距離である。

連隊本部では、水野連隊長以下が憂色に閉ざされていた。再建の第一中隊は歩七十一に配属されて、四八八南側高地を守っていた。おなじく再建の第三中隊も師団直属となって、ベンゲット路のキャムプ3にあった。いまもし落合中隊を失えば、連隊とは名のみで、本部と器材小隊だけの存在となる。その落合中隊も、十六日以来、消息が知れない。おそらく自発的に斬込隊となって潰滅したのだろう、と本部では半ば以上あきらめていた。

その矢先に、忽然として第二中隊の二百名が朝靄の中から姿を現わしたから、連隊本部にはときならぬ歓声が上がった。

「ワーッという声が聞こえたので飛び出してみました」と網屋氏はいう。

「見ると、全く見違えるように憔悴《しょうすい》した第二中隊の二百名が歩いてくるのです。さすがに先頭の落合君と永田君はそれとわかりましたが、一同のやつれ方は、それはひどいものでした」

この喜びの中で唯一人困っているのは、連隊の主計である喜美候部継宗中尉であった。ただでさえ食糧の不足しているところへ、給養人員が二百名も増えたのでは、頭の痛いのも無理はなかった。

「中尉どの、よく辛抱して帰られましたなァ」と、本部付の西本末雄准尉が感嘆していった。

「元気のよい甲斐嶋中尉だったら、おそらく斬り込んでいたでしょうね」

「いや、恥ずかしいことですが」と落合中尉はいった。

「私は、この工兵隊の戦力を効果的に使ってもらうために、ほんとうの主陣地へ連れて帰ることが、帰還命令を受けて以来、唯一の使命だと考えていました。だから、敵と遭っても戦わないで退避していたでしょう」

傍の連隊長も黙ってうなずいていた。

馬と車輛を伴った二百名の大世帯の危険きわまる敵中撤退に、一名の戦死者を出しただけだったのは、重なる幸運によるところが多かったが、二十一歳の若さながら、中尉の人柄と指揮の宜《よろ》しきをえたこともその理由であろう。彼の率先とから威張りのない正直さが、部下の信を集めていたことは、今日でも彼の旧部下が認めている。しかし落合氏自身は、これは一に中隊の有能な部下、とくに中堅幹部が円満な団結の下に、建制部隊にのみみられる親和と協力とにより適切な行動を取ったものであると、これら優秀な小隊長、下士官、兵の功績を高く評価し、いまもって彼らを懐かしんでいる。

それからまもなく、中尉の意識がかすんでいった。過去二週間の緊張の連続から解放され、疲労が一時に出たのである。それと、ここにきてはじめて戦況の実態を教えられ、大盛支隊、重見支隊、畠中大隊らの敢闘にもかかわらず、全般の戦況がきわめて不利であると知ったときの落胆からきた一種の虚脱状態だった。歩七十二の陣地では、戦況は一進一退で、場合によっては総反撃を行なうかもしれないと教えられ、期待をもって帰ってきたからなおさらだった。それから中尉は、数日間は身動きもできないほどの発熱と下痢とに悩まされた。また、この本部の近くに野戦重砲の陣地が置かれたことから、この日は朝から砲撃を受けせっかく連れて帰った彼の中隊からも、石井、光瀬一等兵その他の戦死者を出してしまった。

落合中隊は長く休養することを許されなかった。まもなく中隊は、四八八高地からキャムプ3に至る道路の開発を命じられた。この道路は、最初は徒歩道だったが、のちには野砲を通す道にせよとの要求があり、この難しい五十キロの現地人道と取り組む将兵の労苦は、まさにカバルアン丘脱出行以上のものであった。絶え間のない砲撃、マラリア、栄養失調が隊員の生命を仮借なく奪い、工事の完成した二月二十八日までには、隊員の半数が生き残っただけであった。網屋大尉が参謀に懇願したように、中隊は工兵の本領を十二分に発揮できる場で使用されたわけである。しかも、それだけではすまなかった。三月に入ると、まもなくはじまったバギオ攻防戦で、中隊は師団じきじきのお声がかりで、もっとも危険な11号道路（ベンゲット路）の守備を命じられ、キャムプ3・4で戦った。

いまやわずかに七十余名にまで減じた中隊は、一日にマッチ箱いっぱいという米の配給を受け、病と飢えのため全員歩行には杖を必要とするほど衰弱しながらもよく戦い、敵第三十三師団第百三十六歩兵連隊の一個大隊を相手にしてみごとにこれを抑止し、四月二十六日命令により撤退するまで、ついに敵の突破を許さなかった。中隊は、カバルアン丘脱出の意義を、痛ましい自己の犠牲において具現した。

第四章　死闘

中隊長戦死

この地形がカバルアン・ヒルズと複数形で呼ばれる丘陵群である理由は、マラシキ道路の高所に立ってはじめて理解される。大盛支隊が複廓陣地を置いた、丘の北西部は、たびたび言うが、木こそ繁ってはいても、草地と耕作された谷間《たにあい》に分離された、土地の籔に過ぎない。しかしこの部分から、丘の最北西にあるルネック集落を経てダグパン道路のカタブラン集落まで、雑木林がつづいている。これを利用して敵が、丘に接近する公算がもっとも多いと考えられたからである。

敵は十三日ころ、丘のこの部分に強力な日本軍の防御のあることを発見し、まずこの陣地を無力化するために連日激しい砲爆撃を加えてきた。森の中で炸裂して飛散する砲爆弾や機銃弾は木々や竹に当たり、反響する音は耳を聾するばかりで、その間将兵は全くなすところなく壕に潜んで、いまかいまかと死を待っていた。抵抗しようにも相手がいない。

大盛支隊長は、全員出撃が許されないならば、せめて一部だけでも挺身斬り込みに出し、敵の砲兵陣地を攻撃したいと思った。しかし、昼間はすぐ近くまできていた敵の戦車や砲や歩兵までも、夜は遙か後方に退って厳重な警戒体勢をとり、翌朝ふたたび「出勤」してくるというやり方では手が出なかった。だから、敵が歩兵で本格的に丘に侵入してくるのを待つほかはなかった。そうしている間にも、砲爆のために味方の陣地が破壊され、人的損害は増していった。タラワやペリリュー島の戦いも、こうだったに違いないと大尉は理解した。

支隊の将兵の大部分は鹿児島出身であり、このような無抵抗の「戦闘」は、彼らの性に合わなかったし、またこのような戦闘の訓練は受けたこともなかった。

「隊長どの」と指揮班のある下士官が言った。

「こげな森ん中の陣地で敵をば防げと言うとですか。じっと待っちょっとは辛かですなァ」

「もう少しの辛抱だ」と大尉はなだめた。

「そのうちに敵が侵入してくる。その時は思い切り叩いてやろうよ」

丘の正面のアメリカ軍は、パトリック少将の第六歩兵師団だった。この師団の任務は、第一軍団の最右翼にあって、クラークフィールド、マニラ方面へ南進する第十四軍団の左と後方を保護するため、この軍団の進行と歩調を合わせて、中部平原の中央部にあるギンバ、ビクトリア方面まで直進することであった。ところが、その行く手にポツンと位置しているのが、相当数の日本兵が強力に守っているというカバルアン丘であった。

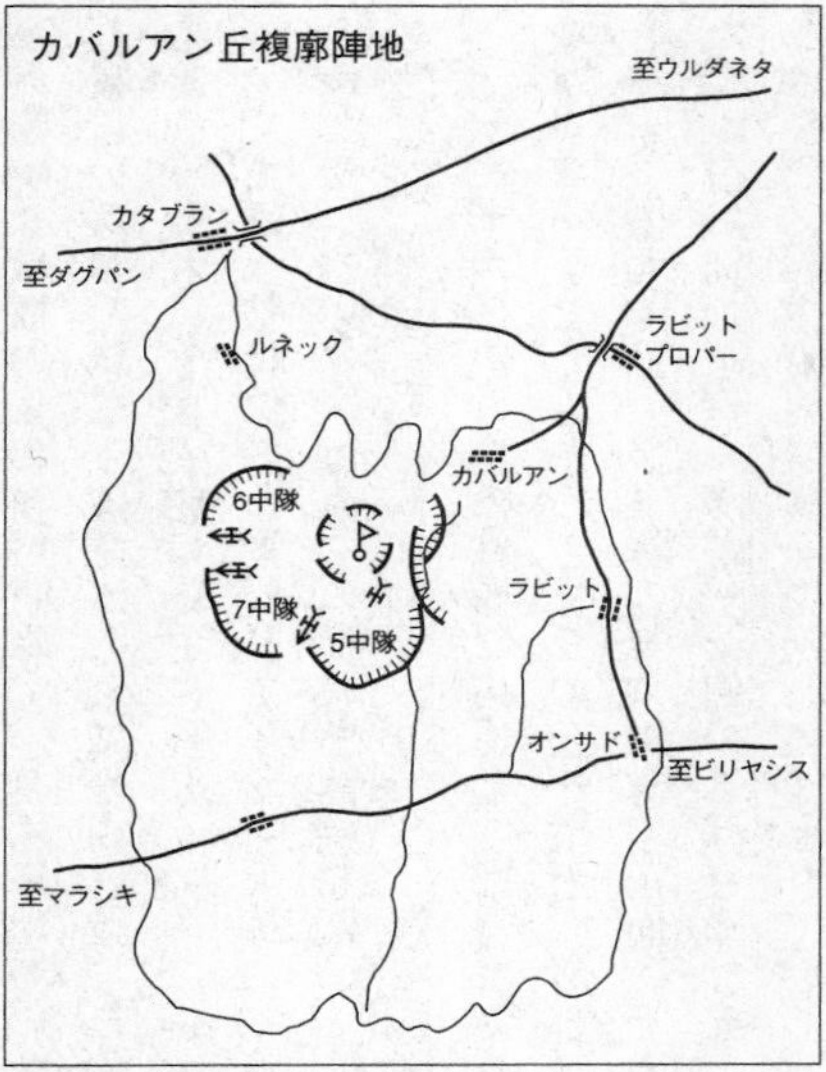

アメリカ軍としては、当面の目的を果たすためには、このような小さな拠点などは得意の迂回戦法で素通りして、後続部隊にその掃討を任せることもできた。しかし、

パトリックは血の気の多い将軍で、日本軍撃滅の意気に燃えていたし、彼の師団の最右翼にいる歩兵第二十連隊がこれにかかれば、この丘くらいは三日で片がつくと考えた。そうなれば一個大隊は掃討に残し、他の二個大隊で所定の目標線へ進出するのは容易である。彼は第二十連隊長アイブズ大佐に、速やかにこの丘の日本兵を撃滅せよと命じた。アイブズは直ちに進撃を開始した。

十五、十六日から丘の外縁に接近していたアメリカ軍は、十七日早朝カバルアンを横断する小径と北方からきてこの丘を縦断する小径の交差点の近くまで侵入してきた。もう一つの大隊は大盛支隊の第六中隊の正面、丘の北西端のルネックの集落《バリオ》を占領した。さらに別の一個大隊が、予備のような形で丘の西縁にきて待機していた。敵は、あきらかに三方から支隊を圧迫しようとしている。

敵の攻撃は、最前線の六中隊に対してもっとも激しく集中されはじめた。敵の戦車＝歩兵のコンビが前進してくるのが、樹木の間に見える。物凄い火力である。Ｍ４戦車の七十五ミリ砲弾がピシッピシッと射ちこまれ、戦車に搭載した機銃が火を吐きつづけている。歩兵はみな自動小銃を持っている。まもなく、六中隊の陣地が燃えはじめた。敵の火焔放射らしい。六中隊も必死に応戦しているが、戦う前に比嘉、横田の二個小隊を欠いた中隊は、わずか百名の兵力で十倍の敵に一方的に攻め立てられている。数は十倍でも、敵の火力はわが方の百倍である。敵戦車が暴れ回って手がつけられない。

和田野砲小隊のところへ、この激戦を側方から見ていた第七中隊長倉竹七郎中尉から伝令がとんできた。

「味方に当たってんよかで、あん戦車をば射って下さい」

「よしきた」と、砲兵たちはただちに砲口を敵に向け、照準し、装弾して引き鉄《がね》に手をかけ、小隊長の合図を待った。しかるに、なんとしたことか、和田少尉は発射の命令を下さない。「小隊長どの、射たせて下さい」と兵は絶叫するが、少尉は黙して答えない。弾は豊富だし、砲は陸軍の誇る九〇式ではないか。いま射てば直接照準でも命中は必至と思うのに、一発も射たず、六中隊の陣地をむざむざ敵の蹂躙に任せているのが、兵隊には我慢ができない。

「どげんして隊長は射撃させせんとですか」

と兵の一人が憤然として言った。

「心の優しか人じゃっで、味方を殺しとうはなかとたい」

と、もう一人がいった。

「そげん馬鹿なことがあるか。小隊長は気おくれしたんではなかか」

しかし、この自重は、和田少尉の心の優しさのためでも気おくれのためでもなかった。いま射てば、四輌や五輌のM４は必ず破壊できよう。しかし、その時は、この虎の子の二門が敵の集中攻撃の目標となり、たちまち破壊されることは目にみえている。野砲は、やはり最後の決戦にとっておかねばならない。そう思って、少尉は、自分でも射ちたくてたまらぬ気持ちをじっと抑えていたのだった。

夜になると敵は退いてしまう。敵の砲撃は、夜は一定の個所しか狙ってこない。兵隊は壕から這い出して便所へ走る。潰された壕は急速に修復され、収容できた戦死者は浅い穴を掘って埋められる。しかし放置されている死体も多く、早くも屍臭が漂ってきた。藪の木々や竹は砲弾で引き裂かれ薙ぎ倒されて、無秩序に交錯し、ところどころでブスブスとくすぶっている。

兵隊は、枯枝を集めてきて飯を炊き、食べ終わると眠った。彼らの欲求は、食べることよりもまず眠ることだった。砲爆で神経がクタクタに疲れている彼らは、銃を構えて敵の接近を待つ間にさえ居眠りをした。

「よく眠ってくれ。せめて今夜だけでもぐっすり眠れ。あすもこうして眠れるかどうかわからないんだから」と、大尉は悲しみとともに兵の汚れた寝顔をながめていた。

明けて十八日となった。「きょうはくるぞ」と大尉は思った。敵は攻撃を再開し、ルネック集落から東進してきた。味方の抵抗も激烈だった。その日の午後遅く、七中隊の陣地で打ち合わせをしていた六中隊長山下利夫中尉と七中隊長倉竹七郎中尉が、一発の迫撃砲弾の直撃で即死した。室屋少尉がその遺体を本部へ運ばせた。中隊長で残ったのは、五中隊の池増中尉と機関銃中隊の木元中尉だけとなった。五中隊もひどい損害を出しながら、大隊砲と速射砲の支援をえて、機関銃と擲弾筒をフルに利用して南および南西からの敵の攻撃をはね返していた。

この夜、支隊長は六、七中隊を後退させ、陣地の西半分を撤収して、ルネックとカバルアン集落の中間にある、U字型になった小丘群に主陣地を置き、各中隊から十三、四名を抜いて大隊本部の周辺に配置した。ミニ複廓陣地である。味方の砲はまだ健在であった。

ある小隊の蒸発

この配置変更を行なった翌日に、不可解な事件が起こった。七中隊の陣地から、某少尉の一個小隊全員と大隊砲小隊の半数が忽然として消失した。驚いた支隊長は、八方探索させたが、彼らは完全に蒸発していた。陣地に敵の侵入を受けて四散または全滅したとしても、遺体ぐらいはあるはずだがそれもない。支隊長の心には、次第に不吉な疑いが生じはじめた。「敵前逃亡！」。まさかと思うが、否定もし切れなかった。この危機に、一個小隊以上の喪失も大きい痛手だったが、それにもまして、このことが他の隊員の士気に如何に響くかが案ぜられた。

三十年後、大盛氏はたまたま、大平大隊砲小隊とその第一分隊の最期を、生還したその小隊の初年兵であった上床美好氏（鹿屋市）から知ることができた。上床氏の話を要約する。

一月十八日、敵の攻撃が熾烈となり、指揮班長山本軍曹、第一分隊長宮島田軍曹が戦死し、大平小隊長も頭部に重傷を負い、意識不明となった。そこで十九日、生き残りの十二名で相談し、大隊本部の位置に退ることに決し、毛布の担架に小隊長をのせて後退したのが午後三時半。砲撃をさけて陣地の北方を迂回したとき、前面のカバルアン集落からゲリラに射たれて戦闘となった。おりよく合流していた数名の歩兵が、擲弾筒でこれを再三撃退し、夜に入って、歩兵全員と分隊員で銃を持っていた重一等兵が敵中に突撃して行ったが、帰らなかった。

重傷の大山一等兵が水を欲しがるので、おなじく負傷した坂元伍長、岩崎、中島上等兵、上床一等兵が川縁に移動することとなり、小隊長は他の六名が本部に連れて行くことにしてその場に残した。上床グループは川縁の葦に隠れていたが、敵戦車がすぐ側を通るようになったので、川上へ移動しようとした。しかし、自決を望む坂元伍長と少し頭が狂いはじめた大山一等兵はその場を動かないと頑張るので、中島、岩崎、上床の三名が十九日夜移動した。その途中、敵の機銃射撃を受け、中島上等兵が戦死したらしく追及してこなかった。

上床一等兵は岩崎上等兵と一週間行動をともにしたが、ある日、砂糖黍畑に隠れているとき、岩崎上等兵が上床一等兵に水を汲みに行くことを命じたことから喧嘩別れとなり、上床一等兵はその後単独で東方へ潜行して、二月上旬、鉄兵団の陣地まできてしまった。

上床氏は、その後アリタオを経て三月九日、キャムプ3の歩七十一に復帰したが、二日後斬り込みに出撃して負傷入院し、八月にようやく退院、荒木兵団に配属されたかと思うと、三日後に終戦となり、プログ山麓の再建大盛支隊に復帰した。

このグループで他に生還したのは、捕虜になった傷兵大山一等兵のみで、大平小隊長以下十名の第一分隊員は還っていない。おそらく潜伏中に殺されたのであろう。また、同夜消失した第七中隊のS小隊については、上床氏は全然関知していない。

一方、アメリカ軍のほうでは、十九日までの戦況は順調だったし、丘の北西に孤立する日本兵はせいぜい三百名と推定されるので、パトリック少将は第二十歩兵連隊長を呼んでいった。

「アイブズ君、ここはもう一個大隊で充分だ。君の連隊の二個大隊を予定どおり前進させる。残った大隊には、迫撃砲中隊と戦車をつけよう。これではやく仕事をすませてもらいたい」

アイブズ大佐は、この措置にはいささか不満だったが、弱気をみせることはできなかった。敵はわずか三百、味方は千名、それに支援空軍と戦車、砲兵を持っている。これでこの丘をひと揉みに落とせないようなら、昇進も望めないだろう。こう思い直して彼は、一月二十日、起伏の多い土地に探りを入れながら前進を開始した。

この攻撃に先立つ砲撃は、アメリカ軍の進路を舗装するといってよいほど徹底して行なわれたとアメリカ陸軍戦史に記されているが、大盛氏もそれを認めている。味方の損害は甚大で、第五中隊の室屋小隊のごときは、生存者わずかに十四名となった。中隊相互の連絡も途絶し、命令も届かないことが多かったが、それぞれの陣地を守る日本兵は気も狂わすばかりの炸裂の中で、異常な闘魂を維持しながら、人間業とも思えない抵抗をつづけた。このような状態で耐えうるのは、日本兵だけだったろう。

大隊行李班の片之坂軍曹が、「あん太かM4にはこれしかなか」と、手榴弾を数個束ねて敵戦車の下に体ごと飛びこんだ。轟然たる爆発とともにM４は破壊され、同時に彼の体も四散した。

しかし、兵の中には、こうした戦闘に疑問を感じはじめている者もいた。

「いつまでも、こんままでおれと言うとか」

と、戦闘のやんだ夕方、兵の一人が壕の中で低声でいっていた。

「仕方なか。どうせおいどんたちゃ消耗品じゃっで」

と他の一人がいった。

「そげんもんかなァ。増援はなかとだいなァ」

「阿呆、増援なんぞ当てにすんな。どうせ見殺されもんで」

大盛大尉も、増援を心待ちにしていた時期があった。しかし、兵隊の把握は正しい。増援があるとすれば、もっとはやい時期にきていなければならない。こう包囲されては遅すぎる。支隊の兵員の半数はすでに死んだ。あと数日で、支隊は絶滅するだろう。撤退するとすれば、いまがその時機である。すでに最悪の覚悟を決めた大尉だったが、彼の心にはなおも、「別命あるまで戦え」といわれたことが残っていた。

彼は、いままで毎日の師団への定時連絡の中でも、一度も弱音を吐かず、撤退の要請も増援の要求も行なわなかった。師団はそれをよいことにしてか、この全滅に瀕した部隊を救おうとしない。兵の一人一人が、肉親もあり悩みも悲しみもあるかけがえのない「人間」である。それが蠅のように殺されてゆく。戦場では感傷が許されないことはわかるが、一人一人の部下の心にふれるとき、部下思いの彼は、師団の無策の冷たさに憤懣《ふんまん》をすら覚えるのであった。

二個大隊を引き抜かれた第二十連隊長アイブズ大佐は、この頑強な日本兵を一個大隊で制圧する自信をなくしつつあった。どうみても日本兵は三百名ではなく、その二倍はありそうだった。そこで彼は師団に対し、丘には依然六百名の日本兵がいるから、さらに一個中隊を増派してほしいと要請した。パトリックは、この要請に苦い顔をした。日本兵が強いのではなく、アイブズがだらしないと思ったのである（師団長のこの連隊長に対する不満は、のちに第二十連隊がムニヨスで撃兵団の井田支隊を攻めあぐんでいるときについに爆発し、彼はアイブズ大佐を罷免した）。

旭兵団の司令部は、大盛支隊からの報告を定時通信で受けつつあったが、その内容はいつも、

「敵ノ攻撃ハ猛烈ナルモ、ワガ大隊ハ将兵共ニ敵ニ大ナル損害ヲ与ヘツツ勇戦奮闘シツツアリ。将兵ノ士気盛ナリ。安心アリタシ」

といったものばかりで、その苦闘の実態については知る由もなかった。北方マナオ

アグ方面にいる歩六十四の佐々木大隊からは、絶えず、食糧がない、弾丸がないと訴えてくるが、大盛支隊からは、補給の要求はもちろん、増援も撤退も要請してこなかった。なんという立派な大隊であろう、と司令部ではつねに感嘆していた。要求がなければ必要がないと思っていたのか。師団自身の手落ちから敵中に孤立させてしまったこの支隊を、徒らに感嘆するばかりで、その窮状を察して救おうともせず、連隊長の撤退要請にも言を左右にして、方面軍に対し具申も行なわず、方面軍もまた、支隊が死守し、玉砕するのも、「誠に気の毒であるが」致し方がないと思っていた。

二十二日になっても、アメリカ軍の攻撃は少しも進捗していなかった。パトリックが約束した「三日」は、すでにその倍となっている。アメリカ軍が進もうとすると、どこからか、日本軍の銃砲弾が激しく飛んでくるので、やむなく彼らは地隙に伏せたまま、やがて行なわれるはずの第五航空軍の支援攻撃を待っていた。しかし一時間待っても二時間経っても飛行機は現われず、日本軍の正確な射撃のために損害は増すばかりであった。

こうして神経をすり減らすような四時間の待機ののちにようやく飛んできたA‐20爆撃機（ダグラス・ボストン）が、要求されたナパーム弾を搭載していないことを知ったアイブズ大佐は激怒した。大盛支隊には、これは幸いだった。おそらくこの焼夷弾が十発も落とされていたら、支隊は完全に消滅しただろうから。

しかし、爆撃は正確に目標を捕捉して行なわれたので、支隊の主陣地のあたりは木木は倒れ、あるものは燃え、丘の形まで変わり、この破壊の中では、わずかな日本兵といえども生き残ってはおるまいと思われた。いまこそ前進のときと、アイブズ大佐は進撃の命令を下した。

しかし、この空爆のあと、歩兵第二十連隊が「ゆっくりと、しかし着実に」、ということは、へっぴり腰で、二時間ほど前進したとき、このアメリカ軍歩兵たちの上に、彼らがほとんど一兵の生存も許さぬほど叩きまくったと思っていたまさにその丘から、すさまじいほどの小銃、機関銃、小口径砲の弾丸が浴びせられはじめた。先頭のC中隊はたちまち退却し、G中隊の将校は一人残らず戦死または負傷し、F中隊は釘づけにされて身動きもできなかった。

和田野砲小隊最後の奮戦

和田野砲小隊長は、いよいよいままで温存してきた二門を十二分に使用する最後のときがきたと判断した。彼は前日、軍用梱も戦闘日誌も私物もトラックとともに焼却し、翌二十二日は部下とともに笹の葉の水盃で別離の式を行ない、敵を迎える用意をした。午後三時四十分、先頭に立って進んできた敵M４二輌に対し、兵たちが待ちに待った射撃が命令された。砲弾はみごとに初弾でその二輌ともを爆破した。兵は一斉に快哉を叫んだ。しかし、少尉が憂慮したことがほんとうとなった。この砲撃のため、わが野砲陣地は敵の観測機に発見され、激しい集中砲火に襲われて二門の砲は破壊され、和田少尉も同時に多くの部下とともに若い生命を痛ましくも散らせたのであった。安田中尉の速射砲もその二門で、進入してきたM４を五十メートルの至近距離で一輌ずつ仕止めたが、後続のM４のため二門とも破壊されてしまった。

砲兵隊の松村勝巳軍曹は、このころカバルアン丘から脱出の機を狙っていた。戦死の前日、和田小隊長が彼を呼んでいいわたしていた。

「松村軍曹、君は絶対に死んではいかん。必ず脱出して、ここの戦闘の状況を本隊に報告してほしい。これは命令だ。必ず実行してくれ」

しかし、軍曹は迷っていた。彼は四十八名の砲兵のうち、すでに三十名が戦死し、十名以上が重傷を負っていることを知っていた。この傷兵を見捨てることはできなかった。彼らは二十二日の夜、呻吟しながら地面を這って、本部に集まってきた。軍曹は、彼らを「医務室」と呼んでいる壕の中に収容した。それは医務室とは名ばかりで、薬品はもちろん、繃帯すらない真っ暗な穴の中であり、傷兵のうめき声と、垂れ流しの糞便の悪臭は耐えがたいものだった。

ところが、翌二十三日の朝、敵の第一発目の迫撃砲弾が「医務室」の側にあった砲兵隊の車輛に命中した。火焰が噴き上がり、積んでいた火薬が誘爆してそこは火の海となった。しばらくして壕の中をのぞくと、傷兵は哀れにも全員無惨な姿で焼死していた。松村軍曹の悩みは、もっとも悲惨な形で解消した。いまや彼の近くには四名の兵がいるだけだった。その四名に彼はうち明けた。

「きょうあすじゅうに脱出すっど。おいについてこい」

このころ、第六軍司令官クルーガー中将は、この丘の戦闘に関心を持ちはじめていた。彼は、ここの戦いが第二十連隊を遅滞させ、ひいては第十四軍団の南進の足を引っ張る結果となることを憂慮したので、第一軍団長スウィフト少将に対し、「この丘に残る抵抗を速やかに除去するように」と命令した。

この命令がさらに師団長に下達されると、最初は三日で奪取すると豪語したにもかかわらず、すでに一週間を経過してもまだ制圧できていない不成績に少なからず面目を失したパトリックは、

「ご心配なく。あと一日で掃討を完了しますから」

と答えた。

パトリックは、最後の孤立陣地に拠る日本兵の数を、せいぜい百名と踏んでいた。自己の昇進を懸念する将軍が、根拠のない楽観に基づいて無理な作戦を強行したり、過大な報告をする例は、ビルマの牟田口中将だけではなかった。

ことは、パトリックの楽観に反して依然はかばかしくはいかなかった。二十四日には彼は、この一日で掃討を完了する意気ごみで攻撃を再開させた。しかし、戦闘に疲れた歩兵第二十連隊にははなばなしい進出は望めなかった。やむなくパトリックは、この連隊には確保した土地の防守を命じ、新しく第一歩兵連隊をマナオアグから呼び寄せて、二十五日再進撃を行なわせねばならなかった。しかし、その日の夕方までにこの新来連隊は、わずか三百メートル前進しただけだった。のちに振武戦線で、わが歩十七の伊藤、今成大隊の抵抗でさんざんな目に遭ったこの連隊は、あまり強くはなかった。

この不成績にもかかわらず、パトリックは第一軍団長に対し、カバルアン丘の組織的抵抗は終了したと嘘の報告を行なった。

しかし大盛支隊は、甚大な損害を蒙りながらも、依然その組織を維持して健闘していた。二十三日には敵の進出はなかったが、砲撃はまことに激しく、かろうじて通信をつづけている無線機も、いつ破壊されるともしれない。そうなれば、支隊はあらゆる意味で孤立する。いまのうちに、伝えるべきことは伝えておく必要があろう。

生き残った兵も、ことここにおよんで覚悟し切っていた。

「最後ずい（まで）頑張りもそ。生きっちょればこそ値うちがあいもんで」

「死んとっずい（死ぬまで）には十人や二十人はやっつけもんで」

と、二人の兵が汚れた顔で静かに話している。

「こんな立派な兵をむざむざ死なせるものか」

と思うと、大尉はたまらなかった。

「もう一度広かとこいで戦うこつができっとなら、死んでもよか。土龍《もぐら》んよな戦闘はもうごめんだ」

と他の兵がいった。

こうした一方的守勢のままで殺されたくないのは、大尉とておなじであった。最後には、かなわぬまでも斬り込んで暴れ回ったうえで、潔く散ることこそ日本人らしい死に方だ。その機会はそう遠くはあるまい。してみれば、無電機の健在なうちに、その決意を師団と連隊に伝え、最後の訣別の言葉とすべきであろう。こう思った大尉は、かねて用意している電文を、機をみて打電するよう副官に命じた。もし師団にしてこの支隊を撤退せしめる意志があるならば、この電文に対する返事がそれを伝える最後の機会となるだろうとも思ったが、ことここにいたってはそれは期待できないし、してはならないことであった。撤退命令が出されるとすれば、すでに出ているはずだ。やはり兵隊のいうとおり、支隊は見殺しとなっているのだろう。

かくて電報は打たれ、そして翌二十四日の砲撃で無線機は破壊された。撤退命令はついにこなかった。

支隊長は、それまでは、撤退よりも斬り込みによる局面の転換を考えていた。彼は、数次にわたり、夜陰を利して斬り込み隊を出していたが、一度も接敵できなかった。それも最初のうちで、二十日以後になると、夜は負傷兵の手当て、壕の修復、炊事、睡眠などの必要から、出撃する余裕など全くなくなっていた。撤退も斬り込みもできないとすれば、ただ一つ残された道は、最後に行なう「バンザイ突撃」だが、それも軽々に行なうべきではなく、訣別の電文は打ったが、いまはこの状況下に最善を尽くし、いよいよ最後には執るべき方法を考えねばならない、と大尉は思っていた。兵の言うとおり、生命は惜しまねばならない。

アメリカ第一連隊にとっては、抵抗は終了したどころではなかった。大盛支隊の頑張りは、消えようとする灯火の最後の燃え上がりにも似て、激烈をきわめた。たまりかねた連隊長は、師団に対し、依然二百名の日本兵が頑強に陣地を保持しているから、至急火焔放射隊を送れと要請した。

二十六日の戦闘は、第一連隊長の要請の正しさを証明した。アメリカ軍は、わずか百五十メートル前進する間に戦死十二名、負傷十二名を出し、M4戦車をさらに一輛失っていた。

パトリックは、不承不承、さらに一個大隊を増加せざるをえなかった。そして、こんどこそほんとうにカバルアン丘の陣地を完全に占領したのは、一月二十八日であった。三日で終わるはずの戦闘が、その四倍の遅延となっていた。

そして、驚くべきことには、この猛攻と破壊にもかかわらず、二十七日夜現在、カバルアン丘には大盛支隊長以下百三十余名の将兵が、まだ生き残っていたのである。

（註）パトリック少将は、後日振武戦線で戦闘中、三月十四日、小林兵団の陣地からの機関銃の掃射を受けて重傷を負い死亡した。振武集団の兵が、カバルアン丘の仇討ちをしたわけである。

第五章　極限、脱出と挫折

松村軍曹脱出

松村勝巳軍曹と四名の兵は、二十三日の夜、丘の東端へ移動した。五人とも牛蒡《ごぼう》剣だけの丸腰だった。夜間は、安全だが方角を誤るおそれがあるので、その夜はそこに止まり、翌朝うっすらと夜の明けかかるのとともに丘をとび出した。五キロもある開豁地を突破することは危険だったが、幸いところどころにゲリラの掘ったらしい個人壕があったので、これにとびこんで潜伏した。明るくなってきた。壕から顔を出して様子をうかがうと、ゲリラやアメリカ兵がいたるところにいた。捕まれば必ず殺される。

彼らは、浅い壕の中で一日中息を殺して伏せていた。日中もとうてい動けない。日の暮れとなり、敵の姿が見えなくなると、彼らは壕から這い出して、国道3号線をめざして一散に走った。やっと本道に出てひと息ついたとたんに、彼らの話し声が聞かれたのか、自動小銃の乱射をくった。軍曹は、走って道傍の藪の中にとびこんだ。三人が道路に倒れているのを、ゲリラがきて蹴ったりひっくり返したりして検べている。三人とも即死らしい。気がつくと、もう一人の兵が傍にきていた。二人は、物音を立てないようにそこを脱け出し、かすかに山の見える北のほうをさしてめちゃめちゃに走った。

夜が明けた。気がつくと、かなり大きな川の近くにいた。川原には丈の高い芒《すすき》が密生していたので、この中に潜伏した。空腹と眠気が彼らを襲った。カバルアンにきて三週間というものは、食事らしい食事をしていなかった。とくに、敵が侵入してからは酷かった。最後のためにと靴下に入れてあった白米も、爆撃で焼かれていた。思い切って芒から這い出し、住民のいない民家に入って、食べられそうなものは手当たりしだい口に入れた。

この辺には、米兵もゲリラも見えなかった。しかし窓から見ると、近くの田圃に点点と死体が転がっている。それが、なんと、みな褌まで剥ぎとられ、素っ裸にされた日本兵であることは、頭髪でわかった。殺されてから、まだ日が経っていない。この辺で戦闘した部隊の遺棄死体か、あるいは自分たちとおなじくカバルアン丘から逃げ出した連中の成れの果てかもしれない。衣料に乏しい住民の仕業だろうが、あんな殺され方はしたくないと思った。

夜になり、疲れ切って歩いて行くうちに、二人はハッとして立ち止まった。彼らの目の前の木の根元に、着剣した銃を持った一人のゲリラが腰を下ろしている。彼らはひどく驚いたが、不思議にこのゲリラは、日本兵の接近になんの反応も示さない。よく見ると眠っているのだった。

連れの兵がソッと忍び寄って、そのゲリラの銃を奪い、黙ってブスリと突き刺した。とたんに、ゲリラは奇声を発してとび起き、腰の蛮刀《ボロ》を抜いてとびかかってきた。猛烈な大立ちまわりがはじまった。兵隊はゲリラのボロで片耳を殺ぎ落とされ、顔半分を血だらけにして格闘していたが、やっとのことでこの敵を仕留めることができた。

二人はいっさんに走った。暗闇が彼らに幸いした。後方でゲリラたちの叫び声がし、四、五発射たれたが、闇夜に鉄砲である。そして二日後、フラフラになって歩いていると、日本語で誰何《すいか》された。

嬉しいことには、たまたまそこは、彼らの本隊である野砲兵の陣地であった。

大盛支隊長の訣別電報

大盛支隊が敵の猛攻下にある有様を、後方の四八八高地から遠望している二木連隊長の心は痛んだ。いつもながら、支隊からの定時報告には一言の増援や補給の要求もなく、全員士気旺盛で健闘しているとあるが、実態はそんな生易しいものではないことは、連隊長にも想像することができた。再三の師団への撤退要請も却下され、この勇敢な彼の大隊は絶滅に瀕している。これを失うことはなによりも辛い。さきの畠中大隊といい、こんどの大盛支隊といい、正当な防御戦なら遙かに効果ある働きのできるものを、方面軍の命令とはいえ、全く犬死にのような形で失わねばならないのである。司令部がこれを撤退させることを考えるまでは、なんとか持ちこたえてほしいと大佐は心から願うほかはなかった。

しかし、ついに最悪の時がきた。翌二十三日、支隊から訣別の電報が入ったのである。師団長あてのものは、

「任務ヲ完了シ得ザリシヲ深クオ詫ビス。皇国ノ最後ノ勝利ヲ信ジツツ、大隊長以下七十三名、タダ今ヨリ斬リ込ミヲ敢行ス」

連隊長あてのものは、

「将校団長以下ノ永年ノ御厚情ヲ謝ス。任務ヲ完了シ得ザリシヲオ詫ビシ、軍旗ノ下、

部隊ノ弥栄《いやさか》ヲ祈リッツ、大盛支隊長以下七十三名斬リ込ミヲ敢行ス」

とあった。

当時、師団参謀部付通信係将校であった吉原耕作氏によれば、この悲壮で崇高な電文に接した師団司令部も各連隊長も、たまたま来合わせていた方面軍高級参謀久米川好春大佐も、ただただ感激するばかりであったという。

しかし、この電文に感激するばかりで、彼らの誰一人として、少数ながら生き残った支隊の将兵を救出することに想致する者はいなかった。あきらかに、大盛支隊長は死を決している。この電文は、あまりにも完璧な訣別の辞であった。だからといって、わずか七十三名を陣地に残して死滅するのを座視してよいものではない。もはや彼らを戦わせても、なんの意味もないのである。この完璧な電文の裏にある支隊長の苦衷を読み取るべきであった。「ただちに脱出、撤退せよ。斬り込み玉砕を禁ずる」との返電は、折り返して打てたはずである。方面軍も、ここにいたっては反対する理由がなかったであろう。

事実、大盛大尉も、生き残った部下をさらに無意味な死闘に投入することの辛さから、この訣別の電文が、あるいは司令部をして撤退を考慮させるかもしれないとの一縷の望みを持っていた、と筆者に述懐している。

一方、翌二十四日、前線の歩六十四からも電報が入った。これは大盛支隊からの電文とは異なり、すこぶる現実的なものであった。

「兵器、弾薬全クナシ。然レドモ全員士気旺盛ナリ」

この一見ユーモラスとも感じられる誇大な表現は、あきらかに撤退の要請だった。そこで高津参謀長は小沼副長に対し、歩六十四を撤退させるとすれば、いまをおいて他にないことを具申した。副長もこれを了承し、二十五日夕、左の電文が中島正清連隊長あてに打電された。

「歩六十四ハ、シソン方面ノ敵ヲ背後ヨリ攻撃シ、本隊ニ合流スヘシ」

この巧妙に表現された撤退命令によって、中島連隊長は敵の背後に回り、中央を突破して無事師団に復帰したことは、有名な事実であり、山下大将はこの連隊に感状を与えている。

ところが、黙々として戦っている大盛支隊には、感状も撤退命令も出されなかった。大体、第二線陣地から第一線、すなわち主陣地に後退するときは、おおむねいっせいに行なうのが常識であるにもかかわらず、なにゆえに歩六十四のみに後退を許したか。その前日の電報で、大盛支隊がすでに玉砕し終わったと信じていた故か、それとも、歩六十四連隊という大きい単位を失うことは、師団にとって致命的である故にこれを救い、連隊に比して比重の小さい大盛支隊を失っても、後はなんとかやれないことはなかろうと考えた故であろうか。

さらに想像するに、カバルアン丘を主陣地とする方面軍の方針には反対であったが、正面からこれに抗することもできず、確固たる信念をもって指導するにいたらぬままに絶えず遅疑逡巡していた師団としては、ようやくのことに歩六十四の撤退許可は取りつけたものの、さらに大盛支隊をまでも救出することは申し出しにくく、やむをえず、この支隊を、「大の虫」を生かすために殺さねばならない「小の虫」と考え、この支隊の撤退について真剣な配慮と決断を欠いたものとも考えられる。

しかし、もしも二十三日の訣別電文がなかったとすれば、高津参謀長も、この支隊を「なんとかしたいと悩んでいた」（落合氏との最近の会談における高津氏の言）というから、あるいは歩六十四と同時に大盛支隊の撤退も、具申されていたのかもしれない。

大盛支隊長からの悲壮な電文を受け取った二木連隊長の悩みは深かった。再三の撤退要請も容れられず、わずかに残る将兵をも救うことのできない自分を責めもした。

ところが、実に意外なことには、翌二十四日になっても、二十五日が明けても、四八八高地から望見すれば、カバルアン丘の方角に、さかんに砲弾の炸裂する黒煙が上がり、急降下する敵機、ゆっくりと旋回する観測機が見える。二木大佐は驚くとともに喜んだ。大盛支隊は、まだ玉砕していない。彼らは依然、戦っているではないか。そうと知れば、手をつかねて見ている法はない。なんとしてもこれを救いたい。いまこそ、師団に強く具申すべきだと彼は決心した。

歩六十四に撤退命令を出した師団司令部は、この日、四八八高地からベンゲット路のキャムプ3付近に撤退した。二木連隊は依然、四八八高地を防守していたが、連隊長は高津参謀長に対し、歩六十四を下げた以上、大盛支隊が玉砕せず依然抵抗をつづけていることがわかったからには、速やかにこれにも撤退を命令するのが当然である、と強く訴えた。参謀長もこれを了承し、「撤退できるよう処置した」（落合氏との会談での高津氏の言）が、すでに二十四日以降通信の途絶している支隊に、これを伝える術もなかった。これが二十七日ころであったと二木氏は言う。

連隊長の観察は正しかった。二十四日通信が絶えた時点では、大盛支隊は七十三名ではなく、依然三百余の兵を擁して複廓陣地に拠り、頑強な抵抗をつづけていたことはすでに述べたとおりである。いずれは斬り込み玉砕するとも、できる限りの抵抗を行なって敵を抑止しようとの決意の下に、二十四日以降行なわれた新来のアメリカ第一連隊の攻撃を、大損害を蒙りながらはね返し果敢な抵抗を行なっていたことは、アメリカ軍戦史も認めている厳然たる事実である。

とすれば、電報の解釈が問題になる。いったんは出撃して夜間の斬り込みを行なうことを決意したが、接敵が不可能と知り、ふたたび持久戦にもどったのであろうと解釈する人もいるが、当の大盛氏の言によれば、二十日以後は、丘を出て斬り込む余裕など少しもなかったということである。従って、件の電報は、無電機の破壊による通信の途絶と、ちかい将来の支隊の最期を見透して、かくあろうという姿を本隊に知らせたものであろう。支隊長以下七十三名という数字も、大盛氏は記憶していない。どうもこの電報は、大盛隊長の簡単な指示に基づいて、副官が考えて打電したものではないかと思われるふしがある。七十三名という数字は、撤退命令を引き出すための副官の工作ではなかったか。

二木連隊長が苦心の末取りつけた支隊の撤退許可のことは、大盛支隊長はもちろん知らなかった。二十七日には、陣地はもはや最悪の状態となっていた。敵の戦車が複廓陣地の中まで侵入して暴れ回り、発見した壕を戦車砲や火焔放射で片っ端から潰している。戦線は全く混乱して、支隊長には、自分の周囲数メートルの状況以外はわからない。

「もうどうにでもなれ」と、大尉は完全にあきらめた。おなじ死ぬなら壕の外で、と拳銃を持ったまま飛び出して、地面に腹這いになっていた。せめて一人のアメリカ兵でも道連れにしてやろうと待っていると、敵の戦車が藪を分けて近づいてきた。しかし、寝ている大尉を死体と見たのか、死角で見えなかったのか、そのまま通り過ぎていった。依然として、どこかの陣地から射つ友軍の機関銃と、敵の自動小銃の音、敵味方の手榴弾の炸裂音が、断続的に聞こえてくる。敵味方が入り混じっていることはわかるが、戦線がどうなっているのか見当もつかない。このような乱戦が、夕方までつづくと、次第に銃砲声が静まってきて、日没とともに敵戦車も歩兵もゾロゾロ引き揚げていく。「変わった戦闘だナ」と大尉は苦笑した。

潰された壕の掩蓋が動くので掘ってやると、兵が三人、口からペッペッと土を吐き出しながら這い出してきた。あちらこちらの壕から兵が出て集まってきた。大隊本部だけでも三十名もいた。よくも無事だった。落合隊のおかげだな、と大尉は思った。しかし、大隊はすでに大多数の兵を失って、全滅の一歩手前にあることは確かだった。陣地は、これ以上保持できないし、組織的抵抗は望むべくもない。

大隊解散脱出

「もはやこれまでだ」と大尉は思った。すでに旬日にわたって大敵を拘束し、任務は果たしたとは言えないにしても、最善は尽くした。この陣地にはもうおれなくなった以上、どうすべきなのか。例の電報を打った時点では、彼は、最終的には出撃、斬り込みを考えたことも事実だが、いまは彼はその意図を捨てていた。生命が惜しかったのではないと言えば嘘になろうが、臆したためではなかった。

それは、旬日にわたる苦闘と苦悩の連続の中で、徐々に養われていた柔軟でしぶとい精神のためといってよかった。ここまで生きてきたのである。生命のある限りは戦うべきで、軽々に生命を捨てるべきではない。いままで数多くの死を目撃してきた彼は、人間の生命の脆さとともに、その尊さをも痛感していた。犬死にこそ避けなければならない。

「ここを出よう」と、彼は副官の今井、仲野両中尉にいった。

「斬り込みはやめる。遊撃戦をしながら再起の時機を待とう」

各中隊から生存者の数を報告させると、大隊本部を含めて百三十余名の無傷の将兵がいることがわかった。これが大尉を喜ばせた。しかし、その喜びもたちまち憂慮に変わった。どうすればこの百三十名を、敵の重囲の中の丘から脱出させられるのか。

さらにもう一つ気になるのは、脱出の名分である。すでに司令部との連絡が途絶している。こういう場合は、隊長として「独断専行」は許される。しかし、脱出して遊撃戦に移り、その後首尾よく本隊に復帰したとしても、果たして司令部は、命令によらない自主的撤退をなんとみるか。彼らが、もしもこの行動を戦場離脱と見なすならば、事情を説明したところで理解してはもらえまい。しかし、この脱出は、あくまでも本隊復帰を目的とするものではなく、すでに実行不可能となった陣地戦を断念して、異なった形の戦闘に移るためである。それでよい。少し退るか、北方の丘陵群に行けば、友軍がいる。そこで兵器や弾薬の補充を受ければ、ふたたび戦うことができると彼は考えた。落合中尉と同様、大盛大尉も、すぐ後方のウルダネタにもビナロナンにも北方の丘陵群にも、もはや一兵の友軍もいないことを知らなかった。

それにしても、第一の問題も厄介だった。この人数が一団となって脱出することは、きわめて危険で、悪くすると全滅させられる。彼は考えた末、いったん大隊を解散してこれを幾つかの小さいグループに分けたうえで、独自の行動をとらせながら、いつかは集結させようと決心した。その際、支隊長である自分も、大隊本部の主力で一グループをつくる。これが、遊撃戦にもっとも適した方法であった。こうしてもし無事に脱出できれば、近くの友軍の陣地かまたはリンガエン湾東方の山に拠点を求め、分散した各グループと連絡をとりつつ再起の機を待とう。

友軍との連繋に成功し、補給を受け、情報を得ることができれば、彼はふたたびカバルアン丘の周辺に展開することを考えていた。こうして、司令部がすでに見捨てていた大盛支隊は、一般的戦況の変化も、畠中大隊の全滅も、重見支隊の敗退も、さらに自分の隊が四十キロ以内に一名の友軍もいない孤立状態に置かれていることも知らず、激減した兵力でその使命を達成するため、戦闘を継続することを苦慮していたのであった。

「撤退命令が出ていたことを知っていたら、もっとましな方法を考えたのですが」と、大盛氏はいまも残念がる。彼がこの時、自己の責任において撤退して本隊に復帰せよ、と明瞭に命令していたならば、より多くの人命を救うことができたであろう。しかしそれは、結果論に過ぎない。第一線の他隊が依然戦っていると信じているとき、如何に損害が大きかろうと、陣地の保持が不可能になっていようと、自隊だけを撤退させることは許されるはずもなく、陸士出の青年将校には思いもおよばないことだった。それにしても大きな悔いが残る。命令を出すのなら、なぜそれが届くときに出してくれなかったのか、との恨みも残る。

その夜支隊長は、各中、小隊長を集め、大隊を六つのグループに編成し、各自分散して丘を脱出し、遊撃戦に移るよう命令した。

「結束を固くして独自の行動をしながら、再挙を待て。自分はリンガエン湾東方の高地にいるから、月に一度連絡すれば足る」(筆者は、この命令を室屋氏手記で知ったとき、その真意の把握に苦しんだ。リンガエン東方の高地という曖昧《あいまい》な表現では、月に一度の連絡もできるはずがない。筆者は、この命令により支隊長が、ともかくも部下がゲリラ戦を行ないながら後日、本隊に復帰することを暗示したのではないかと想像したが、当の大盛氏に尋ねると、当時はそのような裏の意味はなかったと言う。彼我の戦線が、あれほどまでにカバルアン丘から遠くに距たっていようとは思っていなかった彼は、友軍との連繋も拠点の占領も、比較的容易にできることと考えていたのである）

その夜大盛大尉は、数十名の歩行可能の負傷兵を集め、これも負傷者である機関銃中隊の小隊長田辺三郎少尉の引率で丘を脱出させた。歩行不能の傷兵は担送の方法もなく、丘に残すよりほかはなかった（この脱出傷兵のうち、本隊に復帰した者は一名もいない。全員が途中で戦死したものと思われる）。

大盛大尉もそのあとで、大隊本部の三十余名を連れて丘の西方へ脱出した。ふり返ると、過去二週間にわたって凄絶な戦場となったカバルアン丘は、星空の下でなにごともなかったかのように、その黒い姿を静かに横たえている。しかし、あの暗い木々の下には、数百の部下の屍が、あるいは埋められ、あるいは腐るに任せて放置されている。颯爽《さつそう》とカバルアン丘に着いたころの元気だったあの顔もこの顔も、いまは見られない。しかし、死者には永遠の休息がある。そして生き残った者は、このあとも幾多の苦難を味わわねばならない。大盛大尉は、今後自分に課せられた責任の重さを感じるとき、死者が羨ましくさえ思われた。

北方や東方の幹線道路を、敵のおびただしい車輌が煌々《こうこう》とライトをつけて疾走していた。その物量のあまりにも大きい懸絶には、唖然とするばかりであった。

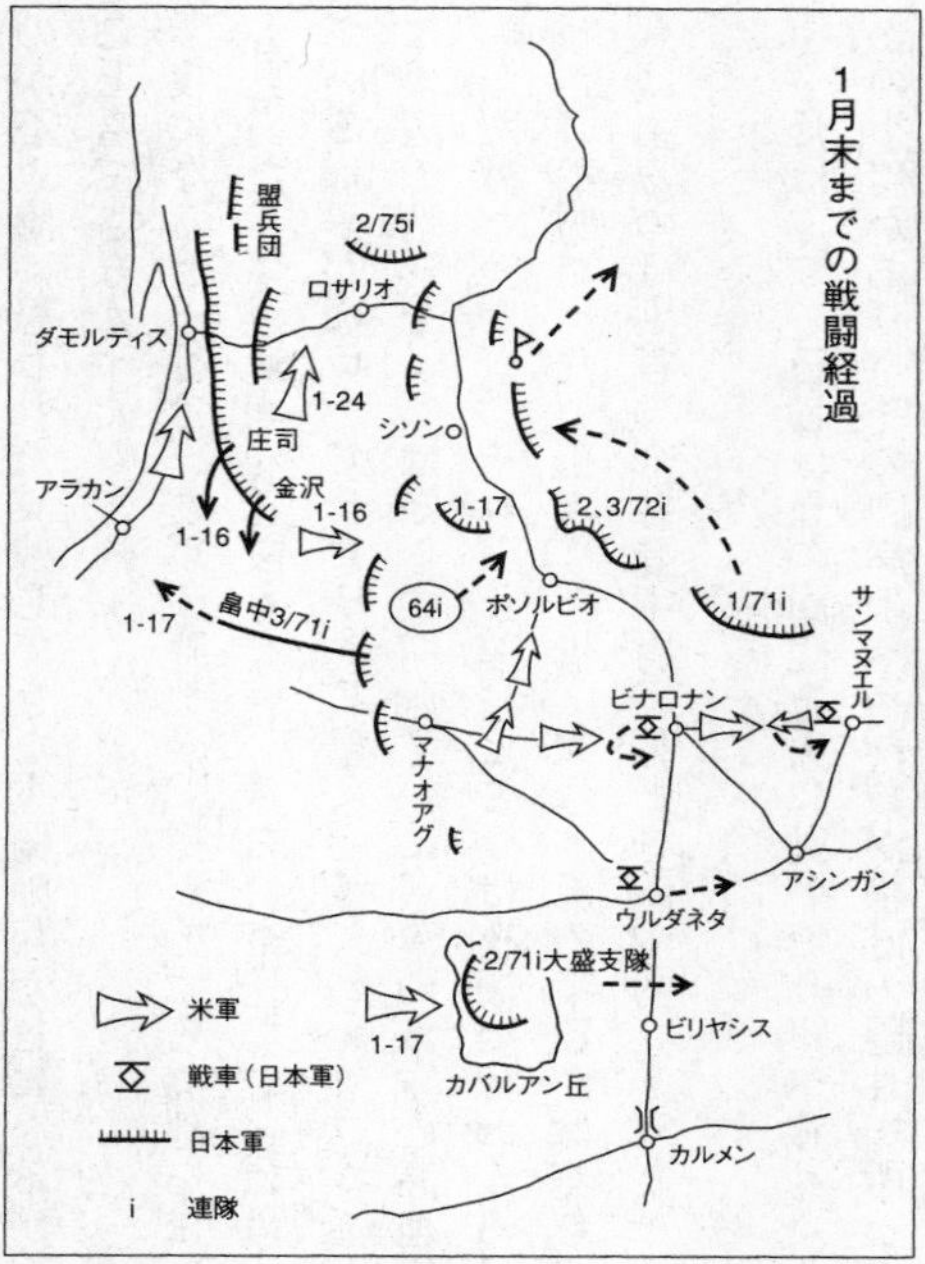

明けて二十八日は、一行は丘の西方の川べりの藪に潜んで、夜を待っていた。敵は、すでに無人となっている丘に、迫撃砲を射ちこみはじめた。砲弾は、隠れている彼らの頭上をヒュルヒュルとうなってこえ、森の中で炸裂した。その弾量をみていると、きのうまであの一角で生きていられた

のが不思議に思われた。残してきた重傷の兵が気になるが、いまとなってはどうすることもできなかった。

夜になると一行は、友軍の陣地か、拠点とする高地を求めて徘徊《はいかい》した。しかし友軍も見当たらず、適当な丘陵もない。さらに奇怪なことには、どこにも戦闘が行なわれている様子がない。ビナロナンに着くとすぐカバルアン丘に派遣された大盛大尉は、この辺の地形をよくは知らず、わずかに、湾の東方の高地に歩六十四がいると聞いていただけだったが、それが正確にどこかは夜間ではわかるはずもなかった。戦況はいっさい不明だった。そのうちに、大隊本部の半数がはぐれてしまって、大尉と行をともにするのは副官の今井登中尉、仲野好蔵中尉、それと十一名の下士官兵だけとなった。

一行は、二、三日は丘の周辺を西に動いたり東へ移ったりした。丘の東西には幾つかの小川があり、その両岸の繁った藪が格好の隠れ場所となった。しかし、あるときは彼らは原住民に発見され、手榴弾で追っ払ったこともあったし、またあるときは、隠れているところを発見されそうになったり、発見されて射ち合ったこともあった。

このころには、敵の戦闘部隊は全く見えず、わずかに原住民に案内されたアメリカ兵が残敵狩りのパトロールに巡ってくる程度だったが、これにも油断は許されなかった。拠点を求めることも、友軍と合流することも、ひどく非現実的な希望だったように思われはじめた。こうなると心細くなる。

「天が下にはかくれ家もなし、か」と、一人がいって笑った。

「狐は穴あり、空の鳥に巣あり。然《さ》れど人の子は枕するところなし、これはキリストだ」と、他の一人がいった。

『そいじゃおいどんたちゃ、後醍醐天皇かキリストなみちゅうことですか」

「お互い偉うなったもんじゃ。そいにしても汚ないキリストたい」

こんな会話が行なわれている。結局、大尉の一行は、敵も味方もいない地域で彷徨している自分を知った。西には友軍も拠点も見当たらない。そのはずである。歩六十四は、すでに二十七日夜に撤退していた。

　ここにいることの無意味なのを知った大尉は、落合隊と同様、いったん丘の東に出て田圃を突っ切り、ビリヤシスの北で国道3号線を横断した。

北へ行けばたぶん旭兵団の主陣地にぶつかるだろうが、いまはそこへ行くべきではない。ともかくも友軍を探すことである。もういてもよさそうなものだが、と思いながら一行は東へ東へと歩きつづけた。そのうちに、いままでどこかで聞こえていた砲声も聞こえなくなった。行けども行けども、友軍はおろか敵もいない。「いったいこりゃどうなっちょるとですか」と、部下の一人が不思議がった。

田圃では住民が、どこに戦争があるかというような顔で水牛を使ってのんびりと田を耕している。東方遙かに山々が見える。大尉は、あまりの平和さに戸惑いするとともに、自分がとんでもないところにきてしまったのではないかとの不安を感じはじめた。すでに、別れた部下との連絡もつかないほど離れていた。といって、いまさら引き返しても、適当な拠点が見つかるはずもない。大尉は副官とも相談し、ともかく友軍と連繋したうえで、今後のことを考えようと決心した。

こうなれば結局、自分たちだけが後退、すなわち「逃げた」ことになるのではないか。これが大尉の心を痛めたが、いまとなっては、分散した部下が独自の行動をとりつつ生きのび、本隊に復帰するなり、他の友軍と合流することを祈るほかはなかった。再挙は完全に絶望だった。

おそらく大盛大尉の一行は、ウルダネター アシンガン―タユグとつづく道路と、その南のカルメンからウミンガンに至る8号線の中間を東進したか、もしくは8号線を途中でこえて、ウミンガンとサンホセの間のルパオ、サンイシドロの方角へ進んでいたものと思われる。どちらのコースを取ったにしても、四十キロ東方のカラバリヨ山脈の麓《フットヒル》の丘に着くまでは、まだまだずいぶんと歩かねばならない。

当時、サンホセ地区の軍需品の移送、バレテ峠の陣地構築の時を稼ぐため、方面軍の命令でわが戦車第二師団（撃兵団）が、全滅を賭して国道8号線および5号線沿いに展開して敵を待っていた。

8号線のゴンザレスには大室支隊（戦車一個中隊、砲兵二個中隊、工兵一個小隊）、その東のウミンガンには、北上して配属された勤兵団の松本大隊と鉄兵団の一個中隊、さらに南のルパオには歩兵二個中隊、戦車二個中隊、砲兵および工兵からなる米田支隊、その南のサンイシドロには戦車第十連隊長・原田中佐の率いる戦車二個中隊と整備一個中隊、そしてサンホセの南のムニヨスには、戦車第六連隊長・井田大佐を長とする井田

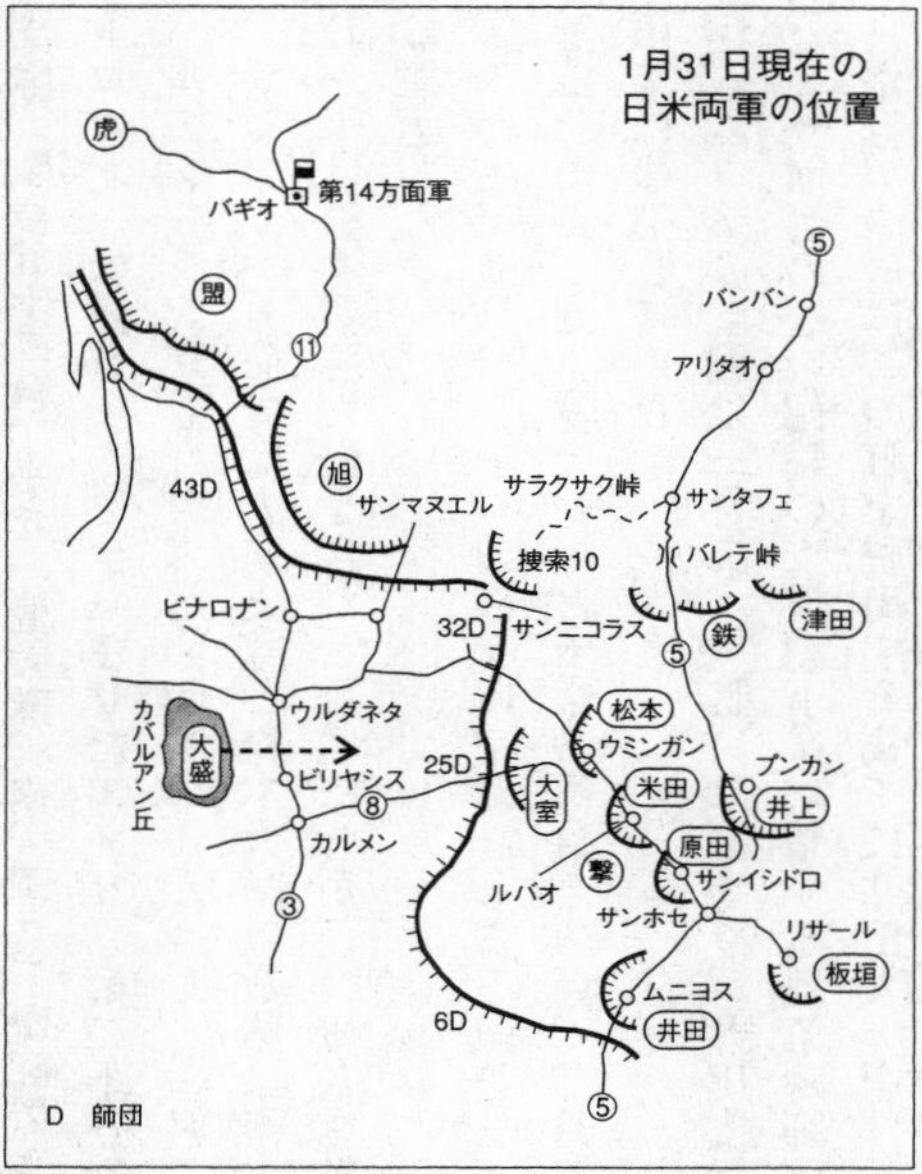

支隊（戦車五十二輛、歩兵一個大隊、砲、工兵）が配置されていた。そこへ、サンイシドロ以北へは重見支隊を全滅させたアメリカ第二十五師団、ムニヨスに対しては、カバルアン丘を攻撃した第六師団が襲いかかった。一月三十日前後に戦闘がはじまった。

ウミンガン方面では大室支隊と松本大隊は敵第二十七歩兵連隊の猛攻に耐えかね、わが軍は松本直純大尉を含む三百名にちかい戦死者を出し、多くの戦車を失って山麓に撤退した。

ルパオ、サンイシドロの部隊は、おなじころ敵第三十五連隊の猛攻を受け、頑強に抵抗したが、五十輛の戦車と多数の兵員を失い、二月七日ころまでに残存兵力は東の山麓に撤退していた。

ムニヨスの戦闘は一月二十八日にはじまり、井田支隊の二千名は、一日一万五千発という前例のない砲撃の支援の下に攻撃する敵第六師団を迎えて果敢に戦ったが、二月六日、ついにこの町を脱出するまでに井田大佐をはじめ千五百名が戦死し、戦車、火砲、トラックのすべてを失った。

このような激闘がことごとくわが軍の敗北となって終わり、撃兵団の残存兵力がカラバリオ山脈へ撤退をほぼ完了したころ、大盛大尉の一行は、この敵二個師団の進撃の軸線の中間を東進したのであった。すなわち、彼らが火線に到着するのがもう二、三日早ければ、必然的にこの戦闘に巻きこまれていたのはあきらかである。

したがって、一行は、戦闘後休養中の敵第一線に、背後から近づくはずであった。果たして、二月七日夜、一行が通過した集落にアメリカ軍の一隊が宿営しているのを見た。彼らは、煌々と電灯をつけ、レコードをかけたりして賑やかにやっている。歩哨は立ててはいたが、こんなところに西から日本兵が入りこむなどとは思ってもいないらしく、油断しきっていたので、一行は難なくここをとおり抜けることができた。

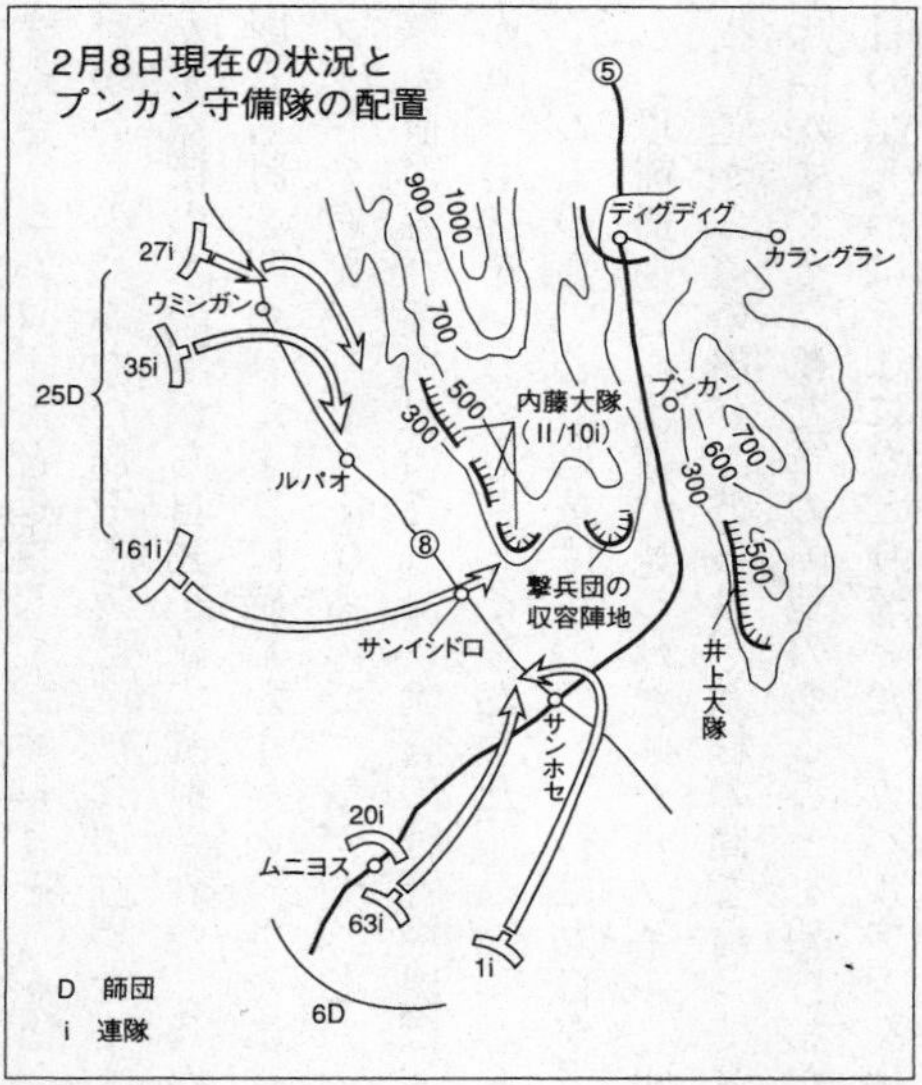

2月8日現在の状況と
プンカン守備隊の配置

翌二月八日夜、大尉が先頭に立って潜行し、突き当たりの三叉路までくると、とつぜん暗闇の中から「ハロー」と声をかけられた。敵の歩哨だったが、一行が、夜間とて堂々とした姿勢で歩いていたので、友軍と見誤ってくれたのだ。

すかさず「ハロー」と返事して、す早くそこをとおり抜けた。しかし、遅れている隊員がいたのでふたたび引き返し、彼らに立ったまま状況を説明しているとき、とつぜんすぐ傍の木の下から自動小銃で乱射された。兵が二人倒れた。即死らしい。大盛大尉も右肘を叩かれたように感じたが、いっさんに走って芒の中にとびこみ潜伏した。ズボンの右側がベトベトするので、気がつくと、大尉の右肘が貫通銃創を受けていて、その血が流れていたのだった。副官の仲野中尉は、口を横から銃弾に縫われて腫れ上がり、ものをいうのも苦しそうだった。

この丈の高い芒の遮蔽は完全で、一行は九日夕方までここに潜んで応急の手当てをし、以前通過した集落で見つけていたパノチャ（粗糖）を齧《かじ》って飢えを凌いだ。その夜、芒から這い出した彼らは、敵線の間を縫って8号線をこえ、東の山裾に入った。斥候がすぐそこに友軍の陣地のあることを報告したので、ただちに出発し、二月十一日の紀元節にそこにたどり着いた。カバルアンを出て二週間目であった。

一行の着いた陣地は、山裾に沿って北から南につくられていて、急造のものではなかった。大尉は、これを撃兵団の陣地と思っていたが、実はこれは、一ヵ月後玉砕したプンカン守備隊の内藤大隊（歩十の第三）の陣地であった。

ここで軍医の手当てを受けた大盛大尉と仲野中尉は、もう一人、神経痛で歩けなくなった溝口という上等兵とともに、翌日、近くにあった撃兵団の収容陣地に入った。しかし撃兵団自体が、この時点では撤退に大わらわであり、重傷の大尉がこの辺で落ち着いて善後策を考えることなど、もはや不可能でもあり無意味でもあった。三人はただちに定期輸送のトラックに乗せられ、バレテ峠をこして、アリタオの西の竹藪の中に病棟を開いていた百三十八兵站病院に送られた（仲野中尉は、前の歯の上下ともがほとんど弾丸のために駄目になってしまい、食物をかむことができず、下痢ばかりしていた。彼は、大盛大尉が退院するときはまだ病院に残っていたが、その後それが原因で衰弱死した）。

支隊最後の奮戦

今井中尉は大盛大尉らと別れ、部下を連れて、おなじくバレテ峠をこえてアリタオに出た。当時、バギオ＝アリタオ補給路の拡張工事ははじめられたばかりで、大部分が幅一メートルにも足りない現地人道だった。キラン峠の裸山をこえ、ピンキャンの谷間では民家に眠り、藷《いも》を掘った。この平地を過ぎると、長く険しいカヤパ峠にかかる。ここには民家もなければ食物もない。空腹を水でだましながら、古巣恋しい一心で彼らは西へ西へと歩きつづけ、ようやく11号国道の二十一キロ地点に出た。バギオの市街のすさまじい破壊に驚きながら、彼らはベンゲット路を下りていった。キャムプ3までくると、おりから四八八高地から撤退してきた自隊の兵に遭った。

連隊本部を教えられて入って行くと、二木連隊長以下、まるで幽霊でも見たかのごとく驚いた。無理もない。大盛支隊の全滅からすでに一ヵ月も経っていたのである。

「そうか！　大盛も生きていてくれたか！」

連隊長は大喜びだった。それでは、他にも生存者がいるかもしれない。果たして何人が帰隊してくれるだろうか。一人でも多く帰ってほしい、と彼らは奇蹟を祈る気持ちであった。

連隊長の喜びとは別に、師団司令部の反応は複雑であった。確かに、実情を知らないならば、大尉はあの立派な訣別の電報を打ちながら、斬り込みも玉砕も行なわず、多くの部下を戦場に残して、自分たちのみが脱出生還したということになる。口に出してあからさまに大尉を非難する者もいたが、多くの将校は一様に困惑していた。当時の日本軍の考え方からすれば、それは当然、考えられることである。

なかでも、五体無事に生還した今井中尉に対する風当たりは強かった。おなじ連隊の中でも、彼の生還を白眼視する上官や同僚もいた。彼は友人の吉原耕作中尉に「いたたまれない。帰ってくるんではなかった」と、その苦衷を洩らした。そして、まもなくキャンプ3の第一線に送られた彼は、そこの隊長の冷遇に耐えかねて、ついに敵の追撃砲の弾幕の中にわれとわが身を投じて戦死した。自殺であった。彼が連れ帰った他の兵も、その後の戦闘で残らず戦死をとげた。死にに帰ってきたようなものだった。

いったん死すべき運命におかれた将兵がたまたま生還すると、これを飽くまでも死なせようとする偏狭な思想が日本軍にあった。ガダルカナル島の生き残りの兵に与えられたのは、いたわりと休養ではなく、ビルマに送られてほとんどが戦死または餓死をする運命であった。特攻出撃を命じられたある陸軍の操縦員が、数次にわたる出撃にも自殺攻撃を行なわず、通常の爆撃を行ない、敵戦闘機の追撃を巧みに躱《かわ》して生還すると、指揮官たちは、当時としては得難いこの優れたパイロットを生かして使おうとせず、あらゆる手段と威嚇によって、彼を殺すことに専念したという。

重見支隊の壊滅後、辛うじて生き残った百名は逃亡兵扱いにされ、アムバヤバン峡谷の最前線に送られて全員が戦死した。負傷して捕虜となっていた虎兵団のある兵が、終戦後米比軍の好意で本隊に送り還されると、連隊長は、すでに戦死となっているこの兵を銃殺してしまった。今井中尉の「戦死」も同様な考え方の犠牲であった。

「死すべき時に死なざれば」という軍歌の教訓は、軍隊の教育目標としては不自然なものではない。しかし第二次大戦末期の日本軍では、これが極端に歪められ、死すべき時に死なないならば殺してしまえという、常軌を逸した論理に変わっていた。横井庄一さんをして二十八年も潜伏させたのは、敵に対する恐怖ではなく、このような逃亡兵に対する軍の処罰であった。

戦後あるアメリカ軍の将校は、「日本軍は、勝つことよりも死ぬことに専念しているようにすら感じられた」と評している。彼らにとっては、不可解な心理だったに違いない。人間蔑視、生命の軽視の思想が、「名誉尊重」の仮面をかぶって横行していた。そして、日本軍に欠けていたのはヒューマニズムだけではなく、アメリカ人のもつプラグマティズム（実用主義）の精神、すなわち人や物を、名目に拘泥《こうでい》せず活かして使うという心がけであった。これが欠けている軍隊は、個々の戦闘で如何に狂熱的に戦っても、戦争には勝てない。戦争といえども、人間を大切にする方が勝つのである。

バギオが陥落し、五月末に、旭兵団が撤退してボコドの北方プログ山南麓の最終陣地に落ち着いたころ、二木連隊長は長福稲穂獣医大尉に命じて、アリタオに出向き大盛大尉を迎えさせた。

長い「山下道」を数日かかってアリタオの兵站病院に着いた長福大尉は、そこで、大盛大尉が近くの小屋から通院していることを教えられた。探していくうちに彼は、藪の中の一軒の小屋に数名の兵とともにいる大盛大尉を発見した。一緒にいたのは大隊砲小隊の阿久根兵長、歩七十二の兵、それに大尉の当番兵だった。

それは、ある意味では劇的な再会であった。大盛大尉は、長福大尉の出現の意味を解しかねていると、「お迎えにきたんですよ、大盛さん」と獣医が言った。大盛大尉の表情がはじめて和らいだ。

大盛大尉の負傷は癒えていた。しかし、彼の心の傷はますます深くなっていた。彼は、入院中に全般の戦況を教えられていたが、それにつけても、分散した部下をそのまま残し、引き揚げさせることをしなかった自分を責めた。一縷の望みは、彼らが自主的判断によって、無暴な斬り込みなど行なわず、たとえ一部でも本隊に復帰してくれることであった。そうでないとすれば、なんの顔《かんばせ》があって連隊に帰ることができようか。同時に彼は、「別命あるまで持久せよ」と命じておきながら、撤退も命令せず、補給も補充も行なわず、ついに自分の支隊を見殺しにした上層部に対し、あき足らぬ気持ちをいだいていた。

したがって、長福大尉が迎えにきた時点ですら、彼は連隊復帰には気が進まなかった。しかし、彼がまっ先に知りたかったのは、分散脱出した部下の安否であった。そして長福大尉から、まだ彼らの一人として復帰していないことを知らされたとき、彼は愕然とした。彼がひそかに怖れていた最悪の事態だった。

九百の部下が死に、彼が生き残っている。許されることではなかった。確かに自分としては、与えられた条件の下に最善を尽くして戦ったと思う。そして、陣地としてもはや無意味となったカバルアン丘を捨てて遊撃戦に移ったのも、あの状況では執るべき唯一の手段だったと信じている。あの時点では、明確に原隊復帰を指示することはできなかった。ただ、再挙が不可能と知ったとき、彼らが敵中を切り抜けて復帰することを希うのみであった。そしてこの悲惨な結末である。

長福獣医に伴われて山下道を帰隊の途につくとき、カヤパ道の松林をグレルの三叉路へと降りて行く彼の足取りは重かった。

連隊本部に着いた彼は、二木連隊長に五ヵ月ぶりに会って申告し、戦闘とその後の状況を報告した。「大勢の部下を死なせて申し訳ありません」と詫びる彼に、連隊長は温かく、「ほんとうによく帰ってきた。実は君のほうにも撤退命令が出ていたんだよ。しかし、通告するにも方法がなかったんだ」と言った。

撤退命令が出ていたと知って、大尉の心はやや軽くなった。少なくとも自分の行動は、戦線離脱の非難を受けることがないからだった。「しかし、なぜもっと早く、無電が通じている間に出なかったのか。そうすれば、こんなに多くの人間を失わずにすんだものを」と思うと残念でならなかった。彼はあとになって、おなじ第一線の歩六十四に撤退命令が出たことを知り、ますます司令部の片手落ちの処置を感じることとなる。

連隊本部の空気は、大尉にとって意外なほど寛容であった。すでに彼の生存が知られていて、その事実に慣れていたためでもあっただろうが、バギオの攻防戦で連隊は大損害を蒙り、大盛支隊と同様な打撃を受けたあとであったから、大尉の心境も本部の将校たちには理解されたためであろう。「もし私の帰還が今井中尉と時をおなじくしていたら、私もただごとではすまされなかったでしょう」と、彼は言う。

今井中尉の最期を知って衝撃を受けた大盛大尉だったが、帰還命令が出た事実と連隊の人々の心遣いで、幾分心の落ち着きを取り戻していた。まもなく彼は、再建の第二大隊長に任命されたが、依然消息の不明な彼の旧部下のことが気がかりだった。いったい彼らはどうなったのか。これは、終戦後捕虜収容所で大盛氏が偶然遭った数名の部下（この人たちは脱出後捕虜となっていた）の話と室屋氏の手記によるほかはない。

第五中隊第三小隊長・室屋栄之助少尉は、すでに五十歳にちかい将校だった。二十七日夜、解散の命令を下したあと、支隊長はいった。「何もあげるものがないが、これでも持っていってくれますか、室屋さん」、そういってわたされたのはウドン一把と茶を少しとであった。少尉は、それを持って小隊に帰り、残り少ない隊員とともに脱出の準備に取りかかった。

彼のグループはただちには脱出せず、丘の南部の安全なところに潜んで、二十九日まで様子をみていた。この日、彼は川下准尉と合議した結果、准尉は第一、第二小隊の生存者を引率し、室屋少尉は自分の小隊員のほかに、大盛グループからはぐれた大隊本部の兵数名と、松村軍曹の知らなかった砲兵隊員若干名らと行動することに決めた。彼らの中隊長・池増正利中尉は、中隊指揮班でつくった別のグループですでに脱出していた。

川下准尉は、室屋グループと同行を好まず、別行動をとったが、その後全員消息不明となって一名も生還していない。室屋グループは、脱出中にゲリラの襲撃を受けて迫撃砲まで射ちこまれたが、どうにか逃れ、翌三十日には旧陣地の西方に達した。もはやこの部分にはアメリカ軍の姿は見えず、味方の戦死者の遺体が、薙ぎ倒された樹木や破壊された兵器、車輌の散乱の間で、あるものはすでに白骨化し、あるものはおびただしい蠅や蛆に覆われていた。その耐えがたい臭気から逃れようと足をはやめたとき、

「待って下さい。連れていって下さい」

と、悲痛な声で叫びながら、藪の中からよろよろと出てくる数名の兵がいた。丘に残されていた重傷の兵であった。そのうちに丸腰の兵が数名加わり、室屋グループは三十数名となった。

彼らは、第一に生きねばならなかった。そのため、昼は潜伏し、夜間になると動き出して民家にしのび入り、発見されると戦って食糧を盗まねばならなかった。「ゲリラとなって分散、斬り込み」などという勇壮なものとはほど遠く、彼らの行動は、拠点を求めての彷徨と、食糧確保のための夜盗の行為でしかなかった。しかし室屋少尉は、支隊長の命令を絶えず意識していた。「結束を固くして再起を待て」との命令だったが、この状態で各グループが四散しては、相互の連絡による結束はとうてい望めない。せめて、現在掌握している人数を固く保持して生き永らえることにより、末は支隊長の指揮下に入るよう努力するほかはない。

この時点では、彼も、北上して旭兵団に復帰することなど考えてもいなかった。ここにも、命令に忠実であろうとする真摯な人の哀れさがあった。こうして、室屋グループは潜行をつづけるうちに、ある者は戦死し、ある者ははぐれて、だんだんと人数を減らしていった。

二月中旬のある夜、兵隊が「友軍らしいのがいます」と報告した。近づくと、向こうから「室屋少尉殿ではないですか」と押し殺した驚きの声をかけられた。

「浜岡ですよ」

浜岡忠太郎曹長は、少尉が満州の第五百五十八部隊に入隊するとき、迎えにきてくれた下士官であった。

「やァ、室屋さん」と、もう一つの影が近づいた。天辰日新軍医中尉だった。「いったい状況はどうなっていますか。お互いに惨めな姿ですなァ」と軍医はいった。この人は、室屋少尉の出身地、鹿児島県川辺町に医師として勤めていたころからの親しい間柄だった。この二人も室屋グループに加わった（後日二人とも戦死した）。

こうしてこのグループは、驚くべきことには五月中旬まで、カバルアン丘を中心に棲息をつづけていた。食物がえられたことが不思議である。室屋少尉は知らなかったが、すでにバギオは陥ち、戦線は遠くパンガシナン州から去っていた。しかし、ここはグアム島やルバング島の密林ではない。村々には電灯が輝き、道路上には車が頻繁に往来している文明社会の中である。住民は蘇った平和を享楽しているものの、日本軍の敗残兵《ストラグラー》に対する警戒は怠ってはいない。狐には穴があるように、横井さんや小野田さんには「家」があった。しかし、このグループには「枕するところ」すらなく、昼は森や藪に潜み、溝に伏し、夜は食を求めて彷徨せねばならなかった。これは、横井さんや小野田さん以上の難事だった。

しかし、いつまでもこの状態をつづけられるものではなかった。やはり最初の目的である支隊長との合流をはからねばならない。もしそれが不可能なら、本隊に復帰しよう。と決心した室屋少尉は、敵中百キロを突破してバギオのほうに向かう計画をたてた。

そのためには、まず挺身斬込隊をこのグループで組織する。そして、現在位置から東進して国道3号線を横断し、さらに北上していったん山岳地帯に入りこむ。その後、挺身隊は山中を西方に進み、ベンゲット路を横切ってさらに西行すれば、支隊長がいると思われる「リンガエン湾東方の高地」に出るだろう。その地域で支隊長と連繫できればよし、できなければ山伝いにバギオに入る。彼は、この百キロの敵中突破に要する期間を三ヵ月とみた。

情報から完全に遮断された人の哀れにも途方もない計画であった。おそらくこのグループはこのとき、アグノ川の北岸のバヤンバンとカルメンの中間あたりにいたものと思われる。そして彼が合流しようと思った大盛支隊長は、遙か二百キロ北東、カガヤン河谷のアリタオに、そして最終的に復帰しようとする旭兵団は、北方プログ山麓の最終陣地に拠ろうとしていた。

かくて、五月十九日、原住民の監視とゲリラ部隊の間をすり抜けて進んだ一行は、3号線の突破地点と考えたアグノ川鉄橋の北詰めに近づいた。白じらと夜が明けはじめた。鉄橋はすでにアメリカ軍工兵の手で修復され、警備のアメリカ兵が歩哨に立っていた。突然その前に姿を現わした日本兵の一団を見て、アメリカ兵は呆然として、銃を構えることもできずつっ立っていた。彼一人を殺すのは容易だが、そうなれば必ず戦闘になる。一行はそれを避けて、ただちに北西方へ引き返した。しかしその途中、三方から機銃と自動小銃の猛射を受けた。室屋少尉は負傷して崖から転落し、意識を失った。夜になって意識が少し回復したが、一緒にいた二人の兵はどこかへ去り、少尉は独りで倒れている自分に気づいた。三日後、アメリカ軍のＭＰがきて少尉を収容した。百キロ突破の夢は呆気なく破れた。

第五中隊長池増中尉については、負傷して捕虜となった兵によれば、やはり三、四ヵ月間潜行活動をつづけるうちに、ある日ビナロナン北方で休憩中をゲリラに襲われ、包囲攻撃を受けて戦死したという。

第六中隊の生き残りの兵士も、藤原小隊長の指揮で、同様にカバルアン丘周辺で相当期間ゲリラ活動をつづけたが、結局、民衆の支持のないゲリラ活動が意味をもつはずもなく、藤原少尉も戦死し、負傷後捕虜となった少数の兵以外は生存者はいない。第七中隊、機関銃中隊、大隊砲小隊、速射砲小隊も同様の行動をとったと思われるが、一名の生還者もいない。彼らの中には、直接北上して原隊に復帰しようとした者もいたかもしれないが、ポソルビオ北方でわが山麓陣地を猛攻中の敵の大兵力の中を突破できるはずもなく、やむを得ず潜行をつづけるうちに死滅したものであろう。

支隊の果たした役割

かくて、一月二十七日現在百三十名をこえていた残存兵員のうち、最後まで生命を全うして帰国できたのは、捕虜になった者を含めて十名余に過ぎなかった。

死亡率九十九パーセントという、この悲惨事の原因となったのは、一つにはその持久命令のきびしさであり、他は撤退命令の逸機である。すなわち、「命令」というものの重さである。しかも軍隊においては、命令は、下層に行くにしたがってその現実的重圧を増してゆく。命令を出した上層部が、安全なところにいて食にもこと欠かず、戦闘の報告を受けて、立派だとか崇高だとか感嘆しているとき、もっとも苦慮したのは第一線の部隊長であり、もっとも哀れなのは、その命令により蠅のように殺されるままに捨ておかれた将兵たちであった。結局、大盛支隊の戦死者は九百をこえるものと推定される。ではこの九百の死は、如何なる意義を持ったのであろうか。

アメリカ陸軍公刊戦史は、重見、大盛二支隊の玉砕について次の如く評している。

「この二支隊が第一軍団に与えたわずかな遅延は、他の場所であればより有効に使用できた第一線用部隊と貴重な戦闘装備の喪失に比べると、釣り合いがとれているとはいいがたい。この二支隊の狂熱的な抵抗は、第二次大戦中日本陸軍が独特に専念した頑張りを例示するものではあったが、どちらの抵抗も大して意義のあるものではなかった」

戦術論としては、この評は正しい。しかし、この戦史の著者ロバート・ロス・スミス将軍は、重要な事実に気づいていない。もしこの二支隊の二週間にわたる「狂熱的抵抗」がなかったとすれば、サンホセ地区は遙かに早期に攻撃の対象となり、撃兵団がまだ展開していない8号線は、やすやすと奪取され、その結果、サンホセ地区に集積された軍需品のカガヤン河谷への移送（これは二月八日にようやく完了）も、勤兵団の北上も阻止され、鉄兵団は未完成の陣地から戦って早期に崩壊していたことは必定である。これを思えば、わずか二週間の遅滞行動ながら、この二支隊の抵抗が、実に際どいところで方面軍の持久態勢を可能にしたことは否定できない。「大して意義がなかった」どころではなく、この目的も知らずにひたすら粘りに粘って戦った支隊の果たした戦略的役割は大きいものであった。

しかし、同時に私たちは、その犠牲のあまりの大きさに唖然とし憤激もする。アメリカ軍戦史は、カバルアン丘の戦闘での第六軍の損害は戦死八十、戦傷二百と記している。これがほんとうなら、戦死者の数は大盛支隊の一割にもみたない。このかけはなれた損害の比率は、このあと行なわれたすべての戦闘での比率を予示している。

「一人十殺」とは、敗勢の日本軍がさかんに唱えたスローガンであったが、実際は、アメリカ兵一人に日本兵十名が殺されていた。

カバルアン丘の将兵の死は、ノモンハンの戦訓を生かそうとの努力を少しも払わなかった日本軍上層部の後進性、独善、怠慢、先見の欠如と不決断、統率の弱さなどの犠牲であるが、最大のものは、日本軍の人命軽視とその作戦指導者たちの安易さ、または冷淡さであろう。筆者は最近、ドイツ軍で唯一人軍人らしい軍人であったロンメル将軍の手記を読んだ。そして、この勇敢な軍司令官が、アフリカ戦線では、つねに弾丸の雨飛する第一線に出て戦闘の指導をしていたことを知って驚いた。彼はこう言っている。

「指揮官は、その幕僚とともに後方にいないで、部隊と一緒にいなければならないことが、いつの場合にでもある。兵の士気を維持するのは大隊長だけの任務であると考えるのは全くのナンセンスであり、率先垂範する指揮官の位置が高ければ高いほど、その効果は大きいものだ。兵は、どこか後方の司令部にじっとすわっているにちがいない指揮官には、一体感を持たないものであり、第一線の将兵が望んでいるのは、実際に指揮官と身近に接することである」

日本軍の作戦指導者のあり方とは、なんたる差異であろうか。筆者の知己のある迫撃砲大隊長は、バレテ戦線で、最前線に出て指導している敵の将官を見て感嘆したという。

ロンメルは、さらに次のように述べている。

「ある部隊に最後まで抵抗するように命ずることによって、他の部隊のために、たとえ一時的に大きな利益がえられることがあったとしても、このような決心は充分に考えなければならない。指揮官に対する将兵の信頼が失われることになるからである」

部隊を孤立させ見殺しにすることは、日本軍の常套手段であった。圧倒的な敵を遅滞させるにはやむをえなかったというが、ロンメルであれば、より柔軟で有効な抵抗を指導したことであろう。また、日本軍の将兵といえども、このような冷淡な放置を恨んで死んでいった者もなかったとは言えまい。また、かかる戦闘指導に疑問を感じながら戦った兵隊もいたことは充分想像できることである。この犠牲は、軍がよりよき見透しの上で、よりはやく準備を行なったならば、全く不必要だったと思われる。

大盛支隊は、敵に殺される前に味方に殺されていたのである。

大盛支隊長の生還については、これを是認する者、否認する者、疑問視する者と様様であったろう。しかし、緒戦の時点で、しかも情報から完全に隔離された状況下での彼の判断、解散時の命令およびその後の行動について、今日これを批判することは当をえない。彼は、当時としては最善と考えられたことを行なおうとして惨めに失敗し、その結果は、多くの部下を捨てて自己ひとりが生還するという最悪の形となった。それは偶然の生還であった。しかし、それをすら非難することはあまりにも偏狭と言うべきであろう。

彼は、終戦まで生命を全うして復員した。しかし、彼には、留守部隊や千葉の復員局での残務整理と、戦死者、生還者の名簿作製という辛い仕事が待っていた。証人となるべき人も書類も揃っている部隊とは異なり、大隊の生存者とては隊長とわずかな兵だけという状態では、戦死者名簿の作製はほとんど不可能であった。

この苦しい期間ののち、昭和二十八年、鹿児島西本願寺で五百五十八部隊として最初の大々的な慰霊祭が行なわれた。式典が終わると、各室に分かれて中隊別に遺族と生還者の対面が行なわれたが、当然、大盛氏は、大隊の全遺族とひとりで相対することなった。それは、静かな会合であった。少なくとも表面上は、彼を責めようとする態度を少しも見せない遺族たちの心中を察して、彼の心は痛んだ。

その間、彼は戦地でかかった結核で苦しんでいたが、数年の闘病生活の中でも彼は悩みとおした。かつて満州時代、非行のため重営倉に入れられた部下について、自らを責めるあまり、自分もともに営倉に入ったという責任感の強い彼であれば当然の悩みであったろう。

彼は、大阪駅で私と別れるとき、しみじみと言った。

「戦争は絶対にしてはいけません。たとえどこかの国が侵略してきたとしても、戦ってはいけないと思います」

これは、口先だけの平和論でも空疎な国防否定論でもない。戦争の持つあらゆる矛盾、醜さ、悲しさ、苦しさ、そして空しさを身をもって味わった人の痛切な実感であった。

あとがき

この小著を出すにいたった大きな契機は、落合秀正氏との出会いであった。フィリピンから復員して教職にもどっていた私は、過去の苛烈な北部ルソンの戦いが忘れられず、機会あるたびに教え子に対して戦争の邪悪さと空しさを語りつづけた。同時に私は、フィリピン戦に関するあらゆる文献をむさぼり読んだ。それは、自分が身を置いた戦場への個人的関心の故と、もう一つの意図からであった。約五十万という驚くほど多数の戦死者数にもかかわらず、フィリピンでの戦いは持久拘束作戦であったが故に、ビルマや沖縄の戦いのごとくには世に伝えられていないのである。フィリピンの日本兵は、自分たちが一日頑張ればそれだけ内地の戦備が充実し、自分たちの肉親や同胞の安全がよりよく保証されるのだとの信念で、戦争の是非善悪の判断をこえて戦い、そして死んでいったことを私は知っている。だから、いまはものの言えないこの人たちに代わって、彼らの戦いの様をなんらかの形で一書にまとめて公表することが、生きて還った者の義務ではないかと私は思ったのである。私の友人でおなじくフィリピンから生還した歌人平木次郎氏に、

生きのびしことも負目に彼の谷に屍横たふ友を思へば

という作があるが、私も数多くの斃れた同僚や部下に、おなじような負い目を感じていた。

これらの書物の中で、私をもっとも強く印象づけたものは、旭兵団で歩兵同様善く戦った工兵第二十三連隊の記録であった。この種のものは最近よく出版されているが、その性質上やむを得ないものながら、なかにはいたずらに過去の栄光を懐かしむもの、あるいは軍国主義の復活をすら感じさせる反動的なものもみられる中で、この工兵連隊の記録は、なんの虚飾もなく事実は事実として述べ、戦死者に対する敬虔の念もよくこめられた好著であった。そして、私はこの書の中で、自分が入って戦おうとしたカバルアン丘の大盛支隊の最期をはじめて教えられた。

その後、昭和四十四年五月、戦後はじめて、フィリピン戦跡訪問団に参加して、北部ルソンに赴いたが、飛行機がバギオに近づくと、アグノ川の北西に、黒く広く拡が

るカバルアンの丘を発見し、思わず合掌して黙禱を捧げた。

その年の九月、私と、工兵連隊の記録の編纂者の一人である落合氏との文通がはじまり、その秋、高校長会議で上京した私は、彼と東京駅で初対面した。私たちは、東京駅の地下食堂で、一枚の地図を前にして数時間も語り合った。この時私は、一月八日の夜、私がカルメン橋の北詰めで停頓させられていたとき、落合氏がカバルアン丘の陣地構築の命令でここに派遣されており、その夜は、いったん丘を出て、シソンの連隊本部に帰る途中だったことを知った。つまり私たちの車は、ビナロナン辺ですれちがっていたことになる。彼はその後、中隊を率いて丘に入り、十七日に命令によって撤退した。したがって、もし私がカバルアン丘に入っていたとすれば、必ず彼とは顔を合わせていただろうし、あるいは、彼と一緒に丘を脱出することになっていたかもしれなかった。かくて、カバルアン丘で会い損ねた私たちは、二十四年後、東京駅で会ったわけである。

その後、落合氏との親交は深まり、彼の誠意ある援助や、その他の生還者、遺族の方々の協力により、私は「北部ルソン持久戦」という小さい戦史を公にすることができた。しかし、カバルアン丘の戦闘に関しては、一名の生存者もないと理解していたために、私はアメリカ軍側の資料により敵方から見た戦闘の概要を述べるに止まった。

ところが、原稿が完成した時点で、私は落合氏から意外な事実を教えられた。カバルアン丘の大盛支隊長は、部下のほとんどが戦死する中で、脱出生還していたのである。実は、落合氏は、私との初対面の時はもちろん、投降時にも、大盛氏の姿を見ており、その帰還も知っていた。しかし、それを私にうち明けることを躊躇していた。一つには、千名の部下を戦死させた隊長が生還したという事実は、その事情がどうあろうと、公表すれば世人の疑惑や批判の対象となろう。また、彼の生還を正当づけようとする試みは、おなじ陸士出身者の庇い立てとの誤解を招くことにもなろう。さらに、私の記述が大盛氏一人の生死を問題とすることではなく、この丘で斃れた人々を悼むことである以上、全員戦死としてよいのではないか、と彼は考えたようである。

しかしながら、私にとっては、このニュースは決して愉快なものではなかった。これは、大きい驚きであるとともに、きわめて不吉な想像を強いる性質のものだった。

第二次大戦末期の、質的に、道徳的に低下した日本陸軍の将校の中に、幾多の武人らしからぬ行動がみられたことは周知の事実で、フィリピンにおいても、第四航空軍司令官富永恭次の逃亡をはじめとして、多数の金時計とともに壕にこもって一度も前線に出なかった某兵団の参謀長、飢えに苦しむ部下に十数個の私物の梱を担がせて退却した連隊長、戦闘中はその狂人じみた言動で兵隊にすら軽侮され、投降後は戦犯の追求を逃れる手段として収容所内でアメリカ軍牧師によりキリスト教徒となった振武集団の某兵団長、飢えた部下を捨て、忽然と消え、捕虜収容所で丸々と肥った姿で見出された某海上挺進戦隊長など、一身をなげうち天皇のために尽くせ、と高言したはずの一部将校の、この情けない変貌と卑劣な行動の例は、枚挙にいとまがない。

もしも大盛大尉の生還も、これらの非軍人的行動に類するものならば、戦死した数百の部下のためにもそれは調査され、場合によっては弾劾《だんがい》されねばならない。私はここにおいて、カバルアン丘の戦闘の実体を詳細に調査することを決心した。しかし、これは大盛大尉個人の名誉にかかわることである。発表する場合は、確信と責任を持つ必要のあることであった。

しかし、私の調査はなかなか進捗しなかった。ところが、そのうちに私は、カバルアン丘を脱出したのは大盛大尉だけではなく、すでに陣地の保持が不可能となったこの丘を捨てて、遊撃戦に移るために幾つかのグループに分かれて丘から脱出した将兵のうち、大盛大尉のグループのみが東方に出て、撃兵団に収容されたものらしく、他のグループはほとんど戦死したが、彷徨中に病気や負傷のため捕虜となった者、少数ながら敵中を突破して本隊に復帰した者もいるらしいことを知った。とすれば、あきらかに大盛大尉の生還は逃亡ではない。

そのうちに、防衛庁の戦史室が『捷号比島作戦（2）』という公刊戦史を出した。私はこれを繰り返し熟読した。この書物では、当初は単なる前進陣地と考えられていたカバルアン丘が、方面軍の方針により主陣地とされた事情については、かなり詳細に述べていた。しかし、依然私は、幾つかの疑問を感じざるをえなかった。第一に、大盛支隊に与えられた任務の限界はなんであったか。命令は死守であったか、または固守だったのか。第二に、第一線の歩六十四に対しては時宜をえて撤退が命令されているにもかかわらず、なぜこの支隊のみが、増援も補給も与えられないままに孤立させられ、ついには全滅せねばならなかったのか。第三には、防衛庁の公刊戦史には、「同支隊の残存将兵が斬り込み脱出を図ったのは二十七日夜であった」とあるのみで、肝心の戦闘とこの脱出者たちの運命についての記述がない。実体はどういうことだったのか。

その他幾つかの疑問点が、解決すべき問題として私に課せられていた。私は、微力ながらもなんとかしてこれを成し遂げ、いわば私の身代わりとなってこの丘で斃れた数百の同胞に代わって、世に知られることの少ないこの戦闘とその悲惨な結末を公表することが、生き残った者としての義務であると考えた。落合氏も同様な心境から協力を約された。

しかし、私は、当の大盛氏と接触する方法を知らなかったし、また会うことができたとしても、いたずらに過去を詮索しようとする未知の私に、同氏が果たして胸襟を開いてくれるかどうかもわからなかった。私はここで停頓した。

しかし、その機会は案外早く訪れた。昭和四十八年五月、九州に旅行する落合氏とともに私は鹿児島で行なわれる五百五十八部隊、すなわち歩兵第七十一連隊の慰霊祭に出席し、そこで大盛氏と会うことを落合氏がとり決めてくれたのであった。大盛氏も、私との会談を快諾してくれた。落合氏はさらに、カバルアン丘からのもう一人の生還者で、薩摩半島の日吉町に住む松村勝巳という人との会見も斡旋してくれた。私は、これらの会談が決して不快なものにならないだろうとの予感と大きな期待をもって、五月晴れの空を鹿児島へ飛んだ。

鹿児島での会合に先立って私は、指宿でもたれた工兵第二十三連隊の会に出席した。この人たちは、おなじ戦場にいたという理由だけで、私を戦友のごとく歓待してくれた。そして翌日私は、落合氏と、当時の彼の部下だった野村栄進氏とともに日吉町の松村氏を訪問した。この人は、大盛支隊に配属された和田野砲小隊の軍曹だった。

五月八日の鹿児島は雨で、桜島の頂上は噴煙と雲に包まれていた。私たちは護国神社の慰霊祭でも歓迎された。

少し遅れて到着した大盛和夫氏は、私の想像していたイメージとは全く異なり、小柄で痩身、サラリーマン風の好感のもてる人物で、この人に、あのカバルアン丘での勇戦を指揮した支隊長の姿をみることはむずかしかった。私は彼のそばに座らせてもらって、いろいろと質問をした。彼は、それらに対して淡々と答えてくれたが、彼の態度にも答えの内容にも、かつて私が持った最悪の想像を是認させるようなものが少しもないことが私を喜ばせた。これなら、「人を裁く」という、不愉快で思い上がったことはしなくてもすみそうだった。

私はこのとき彼から、一月二十七日現在、まだ支隊には百数十名の生存者がいたが、彼は、このとき大隊を解散してこれらをいくつかのグループに分けた後、各自脱出したことを教えてくれた。彼の脱出は、決して部下を捨てての逃避ではなく、むしろ、当時の戦況と、情報からの完全な遮断がもたらした一つの悲劇であることがわかってきた。しかし、私の疑問は、それで解決したわけではなかった。

鹿児島から帰った私は、手に入れた第七十一連隊の生存者名簿により、大盛支隊に属していたと思われる二十数名の人々に問い合わせの手紙を書いたが、返事のあったのは、フィリピンに行かなかった人たちだけだった。フィリピンからの生還者は脱出後捕虜となった人で、過去を語ることは好まないらしかった。ただ一人、室屋栄之助氏が、非常に詳細で貴重な記録を送ってくれた。

その夏私は、ふたたび大盛氏と大阪で会見し、なお幾つかの事実を教えられ、ようやく自分なりに把握したカバルアン丘の戦闘を述べた小著を出すことができた。

その年の十一月から十二月にかけて一ヵ月間、私は政府の遺骨収集団の一員として、北部ルソンに派遣された。この団員の中に、去る五月、鹿児島で初対面した吉原耕作氏がいた。彼は当時第七十一連隊から師団参謀部に派遣されていた通信係将校であった関係で、大盛支隊について、たとえば例の訣別電報のこと、今井副官の悲惨な最期など、私の知らなかった多くの事実を教えてくれた。

フィリピンから帰った私は、当時の第七十一連隊長であった二木栄蔵氏より詳細な書簡をいただいた。それは、大盛大隊派遣の事情、支隊の分散斬り込み、および支隊に対する撤退命令などを教えてくれていた。その後、カバルアン丘の近くのウルダネタの戦車戦に参加した橋詰忠氏、当時の工兵連隊副官で落合隊の撤退に努力された網屋喜一氏らから、書簡や談話による貴重な資料をいただくことができた。

このような新事実が出ると、私の小著の甘さがめだちはじめた。そこで私は、これらの事実を付記した「カバルアン丘補遺」なるものを印刷して巻末に挟んだが、この悲惨な戦闘とその結末についての新しい事実に基づく解釈は、「補遺」くらいですまされるものではなく、私はさらに改訂版を出す必要にせまられた。それは初版とはよほど違った内容となるはずであった。

昭和四十九年十二月、ふたたび政府収骨団員としてバギオにいた私は、一日カバルアン丘を訪れてその地理と地形を確認した。こうして私は、どうにか新版の原稿を書きあげたが、依然として、これにも未解決の問題があることが大きな不満であった。まところが、四月に入って、不思議にもいままでわからなかった謎が解けはじめた。まず吉原氏の努力により、ビリヤシスで落合中尉と会ったカバルアン救援隊（これが丘に行かなかったことはすでに述べた）の正体が判明した。さらに大盛氏が、行方不明になった大平繁大隊砲小隊長の戦死と小隊員の消息について、ただ一人生き残った上床氏を探し当てることにより、詳しく報らせてくれた。そして最後に、私からの照会で、バヤンバンの横田小隊、カルメン橋の岩重小隊の戦闘と隊員のその後について、詳細な書簡を寄せられたのが、当時の第六中隊員永吉実治氏であった。さらに畠中第三大隊のうち、斬り込みに参加しなかった残留部隊の消息については、同部隊の生存者鈴春夫氏の教示に負うところが多い。これらの貴重な情報は、この小著に具体性を与えることに役立った。ただ一つ謎のままなのは、大平大隊砲小隊と日をおなじくして忽然と消息を絶ったS小隊である。あるいはこれも、敵前逃亡などという作為的なもの